Jakob Musashi Leonhardt

Henry Vegas

Gefangen auf dem Spaßplaneten

Jakob Musashi Leonhardt,
geboren 1975, ist ein Weltenbummler und in Tokio genauso zu Hause wie in Hamburg. Er hat einige Romane für junge Leser veröffentlicht und ist zudem als Musiker und Sounddesigner tätig. Zu seinen Leidenschaften zählen das Tauchen, japanischer Sencha-Tee sowie die Musik von *Coldplay.*

Weitere Bücher von Jakob Musashi Leonhardt im Arena Verlag:
Knapp vorbei ist auch daneben
Ein genialer Chaot packt aus
In der Faulheit liegt die Kraft
Geniale Chaoten fallen nicht vom Himmel
Chaos ist das halbe Leben
Ein verkanntes Genie auf der Überholspur
Erst der Spaß, dann das Vergnügen
Geniale Chaoten bringt nichts auf die Palme
Morgen Leute wird's was geben
Ein genialer Chaot feiert Weihnachten

Auch als Hörbuch erhältlich.

Im Pyjama um halb vier *(zusammen mit Gabriella Engelmann)*

Henry Vegas. Auf Klassenfahrt durch die Galaxie

Jakob Musashi Leonhardt

HENRY VEGAS

GEFANGEN AUF DEM SPASSPLANETEN

Mit Illustrationen von maleek

Arena

MIX
Papier aus verantwortungsvollen Quellen
FSC® C110508

1. Auflage 2015

Dieses Werk wurde vermittelt durch die Literarische Agentur
Thomas Schlück GmbH, 30827 Garbsen
Einband- und Innenillustrationen: maleek
Covergestaltung: Juliane Hergt
Gesamtherstellung: Westermann Druck Zwickau GmbH
ISBN 978-3-401-60036-9

www.arena-verlag.de
Mitreden unter forum.arena-verlag.de

www.jakob-leonhardt.de

1.

Gerettet!

Mit mehrfacher Überlichtgeschwindigkeit sausen wir durch die Weiten des Universums und ich fühle mich so leicht wie ein Luftosaurus aus dem Baluun-System.

Wir haben es tatsächlich geschafft. Mein bester Freund Babbel, Prinzessin Thalia und ich sind den SpacePiraten von Silicius VI entwischt!

Am liebsten würde ich zur Feier des Tages ein Feuerwerk anzünden!

Übrigens: Luftosaurier sind Monster von der Größe eines Hochhauses, die aber nur 30 Gramm wiegen. Sie leben in den Steinwüsten des Planeten Gron, der kaum Schwerkraft hat. Dort schweben sie den ganzen Tag wie riesige Luftballons zwischen den Bergketten hin und her, schlagen Luftsaltos und üben für die galaktische Ballonflug-Olympiade.

2.

Ich kann es kaum erwarten, bald wieder zurück auf Terra VII zu sein und meine Eltern wiederzusehen!

Aber bis es so weit ist, müssen wir wohl noch ein paar Schwierigkeiten überwinden.

Im Moment hocken wir zum Beispiel in einem stockdunklen Container, der sich im Laderaum eines pastunischen Schmuggler-Raumschiffs befindet. Ich könnte mir einige Orte vorstellen, an denen ich lieber wäre.

Wir wissen nicht einmal, wohin wir eigentlich unterwegs sind und ob wir nicht am Ende irgendwo landen, wo wir noch viel weiter von Terra VII entfernt sind als jetzt.

Plötzlich tippt Babbel mir mit einem seiner Tentakel auf die Schulter. »Hey, Henry – ist alles in Ordnung mit dir?«

»Ja, klar. Warum fragst du?«

»Weil du alle drei Sekunden so ein komisches Geräusch machst. Klingt wie *pffffffffttttt ...*«

Ich grinse. »Mann, Babbel. Ich seufze doch nur! Weil ich so unglaublich froh darüber bin, dass wir den Piraten entkommen sind! Außerdem machst du auch komische Geräusche. Klingt wie *qurtschqurtsch ...*«

Babbel grinst ebenfalls. »Stimmt, ich bin auch total froh. Aber wir Tentakeloiden seufzen halt nicht, wir stoßen kleine Tintenwolken aus.«

Babbel ist kein Mensch, sondern ein Tentakeloide vom Planeten Squid-Alpha, der aber mit seiner Familie auf Terra VII lebt. Er sieht eigentlich ziemlich genauso aus wie ein Tintenfisch, was man ihm aber auf keinen Fall sagen darf. Babbel ist mein bester Freund und ein total cooler Typ!

»Was ist mit dir, Thalia? Geht's dir auch gut?«, frage ich.

Thalia Olympia ist die Prinzessin, die wir aus den Fängen von Warzoweck Wurstowempel, dem Piratenanführer, befreit haben. Sie ist mit uns geflohen und möchte auch nach Terra VII, um dort ihren Vater wiederzufinden.

»Ja danke, Henry. So weit ist alles in Ordnung. Es ist nur ein bisschen eng und ziemlich unbequem hier drin, findet ihr nicht?«

Da hat sie recht. In dem Container ist es außerdem sehr heiß und es stinkt. Zwischen den Kisten und Fässern haben wir kaum Platz zum Atmen.

»Na ja«, seufze ich. »Immer noch besser, als von warzyrischen Riesenkrokodilen gefressen zu werden ...«

»Außerdem wollen wir ja nicht ewig hier drinbleiben«, fügt Babbel hinzu.

Plötzlich spüre ich, wie er mich mit seinem Tentakel am Bein kitzelt. »Ey, hör auf damit. Das ist nicht witzig«, sage ich genervt.

»Weiß nicht, was du meinst.«

Kurz darauf stößt Thalia einen leisen Schrei aus und zuckt am ganzen Körper zusammen. Mit schüchterner Stimme sagt sie: »Bitte, Babbelusius, hör auf damit ...«

»Aber ich habe doch gar nichts gemacht.«

»Da, schon wieder! Jetzt reicht es aber!«, rufe ich wütend.

»Ich schwöre beim heiligen Oktopus, dass ich euch nicht angefasst habe«, sagt Babbel.

Knurrend fummele ich mein KosmoPhone aus der Hosentasche und aktiviere die Taschenlampenfunktion.

Als ich den Lichtkegel nach unten richte, wird mir sofort klar, dass Babbel wirklich nichts gemacht hat.

Zu unseren Füßen wimmeln und schlängeln sich Hunderte zentaurische Zehnkopf-Vipern ...

Babbel und ich sehen uns in die Augen. Und dann schreien wir wie aus einem Mund los: »Aaaaahhhhh!«

3.

Bewegt euch nicht!«, zische ich mit Flüsterstimme.

»Hatte ich auch nicht vor«, gibt Babbel ebenso leise zurück.

»Sind die etwa giftig?«, fragt Thalia.

»Machst du Witze? Zentaurische Zehnkopf-Vipern sind die giftigsten Schlangen des Universums. Ein Biss genügt, um tausendmal zu sterben«, erkläre ich ihr.

»Dabei ist einmal schon schlimm genug …«, sagt Thalia und ihre Stimme zittert dabei.

»Allerdings«, sagt Babbel. »Keinmal ist besser.«

»Cool bleiben! Wir müssen so schnell wie möglich aus dem Container raus«, sage ich.

»Ich denke, wir sollen uns nicht bewegen!«, erwidert Babbel.

»Genau.«

»Also, was denn nun? Fliehen oder nicht bewegen?«

»Beides«, sage ich.

»Super Vorschlag, Henry.«

»Hast du einen besseren?«

»Nö.«

»Siehst du.«

Thalia gibt ein ungläubiges Lachen von sich. »Mann, Jungs! Wir sind in einem Container mit den giftigsten

Schlangen des Universums eingesperrt und ihr fangt an zu streiten?!«

Babbel und ich werfen uns einen zerknirschten Blick zu. »Du hast recht! Wir sollten uns lieber überlegen, wie wir hier rauskommen«, sage ich.

»Und zwar so schnell wie möglich«, schiebt Babbel hinterher.

»Wieso sind diese Viecher eigentlich hier drin?«, fragt Thalia.

»Ich glaube, das ist ein alter Schmuggler-Trick«, erkläre ich. »Die Gangster packen giftige Tiere in die Container, damit der SpaceZoll sie nicht so genau kontrolliert. Würde mich nicht wundern, wenn außer den Schlangen noch ein paar vubrilonische Millionenfüßler oder zentaurische Stachel-Asseln hier drin sind.«

»Das ist jetzt nicht viel besser als bei den Piraten«, seufzt Babbel und er klingt so düster wie die tausendjährige Nacht auf dem Dunkel-Planeten Melanius.

4.

»Wir brauchen einen Plan, Leute. Wenn wir hier drinbleiben, sind wir eher früher als später tot«, erkläre ich, während gerade eine Viper versucht, in mein Hosenbein zu kriechen.

»Danke für die Aufmunterung«, sagt Babbel. Seine eigentlich rosafarbene Haut hat sich inzwischen dunkelblau verfärbt – bei Tentakeloiden ein sicheres Zeichen dafür, dass sie Angst haben.

Thalia lächelt plötzlich und sagt: »Ich habe eine Idee: Ich kümmere mich um die Schlangen – und ihr sucht einen Ausgang aus dem Container!«

»Okay. Aber wie willst du ...«

Bevor ich weiterfragen kann, schließt die Prinzessin ihre Augen und fängt an, ihren Körper hin- und herzuwiegen. Dazu stimmt sie einen leisen, aber betörenden Gesang an. Und dann geschieht ein Wunder: Die Zehnkopf-Vipern, die gerade noch wie ein chaotisches Riesenknäuel

zu unseren Füßen wimmelten, richten sich plötzlich auf und wiegen sich im Rhythmus des Gesangs … ganz klar, die Viecher sind hypnotisiert.

Ich warte nicht lange, sondern klettere mit Babbels Hilfe auf einen Kistenstapel. An der Decke des Containers ist zum Glück so eine Art Notausgang. Der Mechanismus ist zwar verrostet, aber nach ein paar Versuchen gelingt es mir, ihn zu öffnen.

»Los, Babbel, du zuerst«, sage ich leise.

»Okay.« Babbel klettert an mir vorbei und gelangt durch die Notluke ins Freie.

»Jetzt du, Thalia.«

Sie nickt und klettert ebenfalls an mir vorbei, ohne ihren Gesang zu unterbrechen.

Dann aber passiert das Unvermeidliche. Die Zehnkopf-Vipern erwachen aus ihrer Hypnose und sind augenblicklich stinkwütend. Sie fauchen und schnappen mit ihren zehnfachen Riesenmäulern nach mir.

Nichts wie raus hier! In letzter Sekunde zwänge ich mich durch die Luke und schlage den Deckel hinter mir zu.

Eine der Vipern verfehlt mich nur um wenige Zentimeter. Glück gehabt! Um ein Haar wäre ich tausendmal gestorben!

5.

Puh! Wir atmen erst mal tief durch!

Dann klettern wir von dem Container runter und blicken uns um. Der Laderaum des pastunischen RettichRaumers ist riesengroß und vollgestopft mit unzähligen Containern, Kisten und anderen Behältern.

Das Raumschiff heißt übrigens RettichRaumer, weil es von Weitem an das terranische Gemüse erinnert. Es ist mehrere Hundert Meter hoch und dient in erster Linie zu Transportzwecken – oder in diesem Fall dazu, Piratenbeute zu schmuggeln.

Wir halten erst einmal Kriegsrat. Dazu setzen wir uns auf den Boden des Laderaums, der erstaunlicherweise mit feinem weißem Sand bedeckt ist.

»Also? Was machen wir jetzt?«, fragt Thalia mit ihrer weichen, schönen Satyraner-Stimme.

Sie ist wirklich das süßeste, hübscheste und faszinierendste Mädchen, das ich je gesehen habe! Seit wir sie im Piratengefängnis auf Silicius VI kennengelernt haben, bin ich total hin und weg von ihr. Also, äh ... ich meine, sie ist ... äh, ziemlich interessant und ... äh ... sehr nett und so ...

Plötzlich zwickt Babbel mich in die

Seite. Er grinst wie eine kantatische Lach-Larve und flüstert: »Jetzt starr sie nicht an wie ein Schwachsinniger, Henry. Sag lieber was ...«

»Ich habe sie doch gar nicht ...«

»Hast du wohl.«

»Hab ich nicht.«

»Doch.«

»Quatsch.«

»Gar kein Quatsch.«

Thalia schüttelt ungläubig den Kopf. »Sagt mal, streitet ihr jetzt schon wieder oder was?!«

Babbel und ich werden rot wie überreife Galaktos-Tomaten.

Ich räuspere mich und sage mit ernster Stimme: »Als Erstes dürfen wir nicht vergessen, dass wir blinde Passagiere sind! Wir dürfen auf keinen Fall der pastunischen Crew in die Arme laufen.«

Babbel stimmt mir zu. »Genau. Die würde uns nämlich auf der Stelle zurück nach Silicius VI verfrachten.

Schließlich stecken sie ja mit den Piraten unter einer Decke oder machen zumindest Geschäfte mit ihnen. Wahrscheinlich verkaufen sie uns dann an die und wir sitzen in null Komma nichts wieder im Kerker.«

Thalia wird blass. »Da will ich nie wieder hin«, sagt sie. Ihr Gesicht ist ernst. »Trotzdem müssen wir herausfinden, wohin der RettichRaumer fliegt.«

Babbel und ich nicken. Wir müssen so schnell wie möglich zurück nach Terra VII. Dort hält sich nämlich Thalias Vater versteckt, wie wir vor Kurzem herausgefunden haben. Das Ganze ist eine ziemlich verrückte Geschichte, die wir selbst kaum glauben können:

Thalias Vater, der Sternenkönig des Satyrius-Systems, ist von den Piraten erschossen worden – aber nicht so richtig. Denn bevor er seinen letzten Atemzug tat, konnte sein Bewusstsein auf einen Mikrochip überspielt werden. Und dieser Chip – also sozusagen das Gehirn von Thalias Vater – ist ausgerechnet in meinen nichtsnutzigen Helfer-Robot eingebaut worden, der im Moment zu Hause in meinem Zimmer auf Terra VII rumsitzt und auf meine Rückkehr wartet. Darum müssen wir so schnell wie möglich zurück und den Computerchip mit Thalias Vater finden – bevor uns die Piraten zuvorkommen.

Die wollen den Chip nämlich auch haben, schließlich ist Thalias Vater der Einzige, der weiß, wo der sagenumwobene Schatz der Satyraner versteckt ist. Und hinter dem sind die Piraten schon länger her ...

»Ich habe einen Vorschlag, Leute«, erkläre ich. »Wir schleichen uns auf die Kommandobrücke des Raumschiffs und finden heraus, wohin wir fliegen. Und wenn die Reise in die falsche Richtung geht, programmieren wir heimlich den Navigationscomputer in Richtung Terra VII um. Was haltet ihr davon?«

»Das ist ein sehr guter Plan«, sagt Thalia sofort.

Babbel nickt ebenfalls, aber ich merke, dass er noch etwas anderes sagen möchte.

»Los, Babbel, spuck schon aus, was du denkst.«

Er grinst und sagt: »Na ja, ich weiß ja nicht, wie es euch geht, aber ich habe unglaublichen Hunger. Wollen wir nicht erst einmal etwas zu essen organisieren? Ich würde jetzt wirklich alles für einen saftigen Makrelenburger und eine Herings-Coke geben.«

Ich lache. »Geht mir auch so ... na ja, es muss kein Makrelenburger sein, aber Hauptsache, etwas Essbares.«

Wir nehmen Thalia in unsere Mitte und machen uns auf die Suche.

6.

Manche Leute denken vielleicht, so ein pastunischer RettichRaumer sei eins von diesen hypermodernen Raumschiffen, in denen überall elektronische Schalttafeln blinken und der Zentralcomputer einem jeden Wunsch erfüllt ...

Aber das Gegenteil ist der Fall: Alles ist verrostet und verschimmelt, es stinkt und die Wände klappern bei der kleinsten Erschütterung. Das Schiff ist ein fliegender Schrotthaufen. Ist echt ein Wunder, dass der Space-TÜV es überhaupt für die Raumfahrt zugelassen hat! Bestimmt haben die Pastunier die Beamten bestochen!

Pastunier sind sowieso eine seltsame Spezies. Sie stammen von einem Planeten namens Karibos, einer türkis glitzernden Wasserwelt, auf der es nur ein paar kleine, palmenbewachsene Inseln gibt. Die Bewohner sind im Prinzip Humanoide, was man aber unter ihren verfilzten Wuschelhaaren nicht so genau erkennen kann. Am liebsten liegen sie den ganzen Tag in ihren Hängematten, rauchen Traumstrauch-Blätter und hören komische Musik, die jedes andere Lebewesen früher oder später wahnsinnig macht.

Außerdem gelten die Pastunier als die faulste Spezies des Universums, was ihnen ein paar Einträge ins

Guinnessbuch der SpaceRekorde eingebracht hat.

Ein Pastunier hatte zum Beispiel die längsten Fingernägel des Universums – einfach weil er dreißig Jahre lang zu faul war, sie zu schneiden.

Ein anderer hält den Rekord im Dauerschweigen – er war zu faul zu reden.

Und der berühmteste Pastunier ist SpaceMeister im Hängematten-Dauerliegen – aber er war zu faul, seinen Rekord beim Guinnessbuch anzumelden ...

7.

Vorsichtig schleichen wir auf der Suche nach etwas Essbarem durch die Gänge des Raumschiffs. Immer wieder reißen wir vor Staunen die Augen auf. Das Chaos an Bord übertrifft alles, was wir je an Unordnung gesehen haben.

Überall türmt sich der Müll bis unter die Decke. Viele Korridore und Gravoschächte, in denen man von Level zu Level gelangt, sind mit leeren Kartons, ausgedienten Techno-Geräten und Weltraumschrott vollgestellt. Schlingpflanzen und Lianen wuchern an den Wänden entlang. Aber als wäre das nicht genug, blüht in den Ecken auch noch der Schimmel in den prächtigsten Farben.

Ich kann nur hoffen, dass die Pastunier nie Bekanntschaft mit meiner Mutter machen! Die würde die Hände in die Hüften stemmen und so laut schreien, dass es bis zur nächsten Galaxie zu hören wäre: »Hört zu, ihr Schmutzfinken. Ihr habt eine halbe Stunde Zeit, euer Raumschiff aufzuräumen. Und wehe, danach liegt auch nur das kleinste Fitzelchen Müll herum! Dann erlebt ihr das schlimmste Donnerwetter seit dem Urknall! Ihr werdet euch wünschen,

niemals über das Stadium eines Einzellers hinausgewachsen zu sein!«

Glaubt mir, danach würde der RettichRaumer aussehen, als wäre er gerade von der KosmoWerft gekommen!

8.

Wenig später finden wir eine Bordküche, in der gerade niemand ist. Sie ist sogar erstaunlich sauber. In den Vorratsschränken ist alles, was wir uns nur wünschen können. In Windeseile bereiten wir uns eine tolle Mahlzeit.

Für Babbel gibt es polynestische Fischchips mit Seetangblättern und Aalglibber. Ich esse einen bukitonischen TripleBurger mit Pommtonen und echtem TomatoQuetsch. Thalia stellt sich einen Erdbeergurken-Salat mit SpaceBaguette zusammen.

Ein wahres Luxusessen! Dazu trinken wir Hyper-Hyper-Bubble-Tea (ich), Shrimps-Coke (Babbel) und Bambrinen-Fanta (Thalia).

Wir sind rundum zufrieden und vergessen für eine Weile, dass wir immer noch in Lebensgefahr schweben und keine Zeit verlieren dürfen.

9.

Kurz darauf bekommt unsere gute Laune einen ordentlichen Dämpfer. Wir arbeiten uns gerade durch das nächste Level des Raumschiffs, um die Kommandozentrale zu finden, als wir Schritte hören. Diesmal klingen sie nicht lahm und schlurfend wie die der Pastunier, sondern zackig und rhythmisch wie die von Soldaten. Dann kommt auch schon ein Trupp Staffordier in Piratenuniformen direkt auf uns zu. In letzter Sekunde gehen wir hinter ein paar verrosteten Abluftgittern in Deckung.

Staffordier sind wirklich eine unangenehme Spezi-

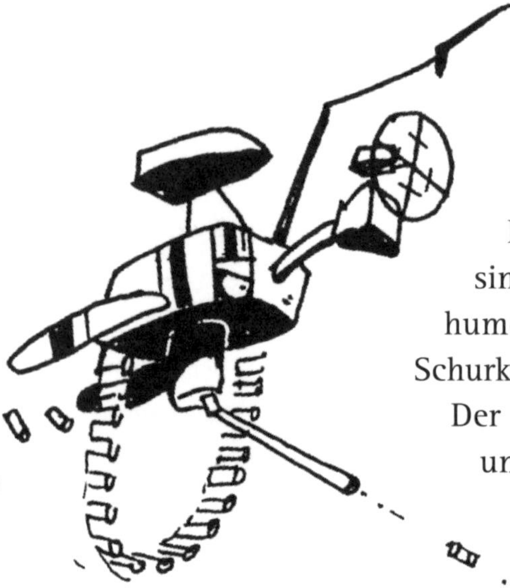

es. Sie haben humanoide Körper, aber die zähnefletschenden Köpfe von Kampfhunden. Außerdem sind sie zu hundert Prozent humorbefreit und für jede Schurkerei zu haben!

Der Trupp bleibt direkt vor unserem Versteck stehen. Wir halten vor Schreck die Luft an. Der Anführer, ein besonders gemein aussehender Typ mit langen, messerscharfen Eckzähnen, erteilt seinen Leuten Befehle: »Findet die Ausbrecher! Auf den oberen Levels waren sie nicht. Aber jetzt kesseln wir sie ein!«

Babbel, Thalia und ich wechseln stumme Blicke. Sind die etwa auf der Suche nach uns?

Die Antwort bekommen wir sofort. Einer der Staffordier, der offenbar noch unterbelichteter ist als die anderen, fragt: »Wen genau suchen wir noch mal, Sergeant?«

»Wie oft muss ich dir das denn noch erklären, du flohgebissenes Chihuahua-Hirn?! Wir suchen einen Tentakeloiden, eine Satyranerin und einen Menschen. Die drei haben sich auf Silicius VI an Bord geschlichen. Captain Wopp hat eine Belohnung auf ihre Köpfe ausgesetzt, und zwar tot oder lebendig!«

»Alles klar, Sergeant. Dann suchen wir jetzt weiter.«

Der Sergeant sieht seine Leute kopfschüttelnd an, reibt sich dann nachdenklich das Kinn und sagt: »Ach, vergesst es. Ich habe eine bessere Idee. Ich setze die SpyBots auf sie an. Die erledigen das in null Komma nichts! Also los, alle zurück zur Kommandozentrale.«

Thalia, Babbel und ich müssen uns alle Mühe geben, vor Schreck nicht laut loszuschreien.

SpyBots sind das Gruseligste, was die Robotertechnologie hervorgebracht hat. Es sind fußballgroße Schweberoboter, die mit moderner Sensortechnik und tödlichen Waffen ausgestattet sind.

Außerdem halten sie sich nicht an das erste *Asimov'sche Robotergesetz,* das es Robotern ja bekanntlich verbietet, intelligente Wesen zu verletzen oder zu töten.

Eins steht jedenfalls fest: Wenn man von einem SpyBot verfolgt wird, ist man so gut wie tot.

10.

Nachdem die Staffordier weitergegangen sind, verlassen wir unser Versteck.

Wir fragen uns, wie viel Zeit uns wohl bleibt, bis die SpyBots uns ausfindig machen. Die Antwort lässt keine zehn Sekunden auf sich warten. Am Ende des Korridors hören wir ein verdächtiges Surren wie von einer überdimensionalen Stubenfliege – und dann zischen auch schon grün leuchtende Laserschüsse durch die Luft. Sie treffen direkt über unseren Köpfen in die Korridorwand. Das Metall beginnt, rot zu glühen, und tropft dann zischend zu Boden.

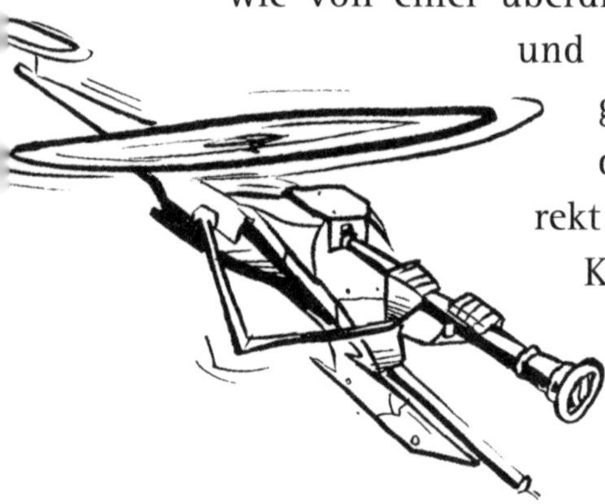

Kurz darauf rasen vier SpyBots durch die Luft auf uns zu. Ganz vorne fliegt der Anführer-Robot, dessen metallische Stimme durch den Gang schallt: »Dort sind sie! SpyBots, lasst sie nicht entkommen. Benutzt alle Waffen!«

Weitere Laserschüsse zischen durch die Luft. Babbel und ich sehen uns an und stoßen unseren altbekannten Schreckensschrei aus: »Aaaaaaahhh!«

Thalia aber springt auf und schreit: »Nichts wie weg hier!«

Wir rennen los, verfolgt von weiteren Schüssen, die uns nur knapp verfehlen.

Kurz darauf hören wir auch vor uns das ekelige Robotersurren. Weitere SpyBots schwirren uns entgegen. Sie kreisen uns ein!

Stolpernd bleiben wir vor einem abzweigenden Korridor stehen. Dort scheint die Luft rein zu sein. Wir biegen um die Ecke und rennen weiter, aber es dauert nur Sekunden, dann sind die SpyBots wieder hinter uns. Inzwischen sind es fünf oder sechs. Weitere Laserschüsse zischen an unseren Köpfen vorbei. Es riecht nach verbranntem Plastik und kochendem Metall. Panik steigt in uns auf.

»Wir brauchen eine Waffe!«, rufe ich atemlos.

»Haben wir aber nicht«, antwortet Babbel.

»Redet nicht, rennt lieber«, sagt Thalia.

Das Summen hinter uns wird lauter, die SpyBots nähern sich rasend schnell. Wieder hören wir die Robotstimme des Anführers: »Dort vorne sind sie! Schneller! Erledigt sie!«

Der viele Müll auf den Gängen stellt sich jetzt plötzlich als extrem praktisch heraus. Zwar hindert er uns daran, schnell zu rennen, aber er verbaut auch den SpyBots die Schussbahn. Einmal fliegt ein SpyBot sogar gegen eine abgestellte Metallstange und trudelt zu Boden.

Trotzdem ist es nur eine Frage der Zeit, bis die Bots uns erwischen. Mit ein wenig Glück werden sie uns nur per Paralysestrahl schachmatt setzen – aber wahrscheinlicher ist, dass sie uns sofort killen.

11.

Los, da rein«, ruft Thalia plötzlich und deutet auf eine Tür, auf der in pastunischen Krakelbuchstaben etwas steht, das wir nicht lesen können.

»Und wenn die Staffordier dadrin ist?«, fragt Babbel skeptisch.

»Egal. Alles besser, als von den SpyBots niedergemetzelt zu werden«, erklärt Thalia.

»Stimmt«, sage ich.

Wieder krachen Schüsse durch die Luft. Sie treffen einen Haufen Müll neben uns, der sofort in Flammen aufgeht. Rauch verpestet die Luft, verschlechtert aber zum Glück auch die Sicht, sodass die SpyBots noch schlechter zielen können. Sie sind jetzt nur noch ein paar Meter von uns entfernt und es ist ein Wunder, dass wir nicht schon längst getroffen wurden.

Thalia betätigt den Türöffner und die Tür gleitet mit einem Zischgeräusch zur Seite. »Niemand da. Los, rein mit euch«, ruft sie und stolpert in den Raum.

Babbel folgt ihr. Ich will auch losrennen, als ich die metallische Stimme des Chef-SpyBots hinter mir höre: »*Halt,* junger Humanoide! Keine Bewegung oder du bist tot!«

Ich hebe die Hände und bleibe stehen. »Schließt die Tür«, rufe ich Thalia und Babbel verzweifelt zu.

Mit schockgeweiteten Augen drücken die beiden den Türmechanismus. Die Tür gleitet zu, sodass sie in Sicherheit sind. Ich dagegen bin geliefert.

Ich drehe mich um. Vor mir schweben vier SpyBots, die ihre Waffen auf mich richten.

12.

Das war's wohl mit mir, denke ich traurig. Niemand entkommt SpyBots, schon gar nicht, wenn die auf Killer-Modus programmiert sind.

»Ich ergebe mich. Aber bringt mich bitte nicht um«, sage ich mit zitternder Stimme.

Der Chef-SpyBot, der direkt vor meinem Gesicht schwebt, antwortet: »Der Sergeant der Staffordier entscheidet, was mit dir geschieht. Aber ich verspreche dir, es wird nicht angenehm.« Fast kommt es mir so vor, als hätte seine Robotstimme einen höhnischen Unterton. Gibt es so etwas? Sadistische Roboter?

Ein anderer SpyBot schwebt zu mir heran und fährt einen Werkzeugarm aus. Er legt mir Handschellen aus arceloranischem Gummieisen an. Der Anführer-Robot sagt: »SpyBots! Öffnet die Tür, hinter der sich die anderen Ausbrecher verschanzt haben!«

»Sehr wohl, Sir!«, antwortet ein anderer SpyBot.

Er schwebt vor die Mitte der Tür und will sie gerade mit einem Laser-Dauerfeuer wegschmelzen, als etwas Überraschendes passiert.

Plötzlich gleitet die Tür von alleine wieder auf und ich blicke genauso überrascht wie die SpyBots in die Dunkelheit dahinter. Dann zischen vier oder fünf kurze Lasersalven durch die Luft und treffen sämtliche SpyBots, die donnernd zu Boden fallen und in ihre Einzelteile zerbrechen!

Kurz darauf tritt Babbel heraus. Er hält in vier Tentakeln Laser Guns, grinst quer über das Gesicht und sagt: »Siehst du, Henry. Es hat sich gelohnt, dass wir zu Hause so oft im GameDungeon waren und uns Gefechte mit Avataren geliefert haben!«

»Der Raum war eine Waffenkammer. Wir haben Glück gehabt«, erklärt Thalia und nimmt mir die Handschellen ab.

Ich bin sprachlos vor Glück und falle den beiden um den Hals.

13.

Wir atmen kurz durch, aber es ist klar, dass wir noch lange nicht gerettet sind. Die Staffordier werden schnell merken, dass wir die SpyBots ausgeschaltet haben, und werden uns nun erst recht verfolgen!

»Okay, schauen wir den Tatsachen ins Auge: Das Raumschiff ist groß – aber nicht groß genug, dass wir uns auf Dauer irgendwo verstecken könnten«, sagt Babbel. Dann fügt er leise hinzu: »Ich hätte nie gedacht, dass ich mal Sehnsucht nach der wurmverseuchten Wüste von Silicius VI bekomme ...«

Thalia lässt niedergeschlagen den Kopf hängen. Und auch ihre Fühler, die über ihren Ohren wachsen, senken sich frustriert nach unten. »Vielleicht sollten wir uns einfach stellen ...«, sagt sie leise.

Sie tut mir total leid, schließlich sinken die Chancen, dass sie ihren Vater noch einmal wiedersieht, gerade auf den Nullpunkt. Darum verkünde ich mit besonders zuversichtlicher Stimme: »Noch

ist nichts verloren. Wir brauchen einen guten Plan, das ist alles!«

»Und? Hast du einen?«, fragt Babbel.

»Na ja, wenn ich es richtig sehe, gibt es nur eine Möglichkeit«, sage ich.

»Und die wäre?«

»Wir müssen das Raumschiff verlassen. Ihr habt vollkommen recht, verstecken hat keinen Sinn.«

»Und wie stellst du dir das vor?«, fragt Thalia überrascht.

Ich grinse zuversichtlich. »Ganz einfach. Wir schleichen uns an den staffordischen Suchtrupps vorbei und suchen den Hangar mit den Beibooten. Dann setzen wir uns in ein Shuttle und zischen los!«

Babbel kratzt sich mit einem Tentakel am Kopf und macht ein paar Brummgeräusche. Schließlich sagt er: »Du hast recht, Henry. Es ist die einzige Chance, die wir haben.«

Thalia aber schüttelt den Kopf. »Es gibt einen Haken an deinem Plan, Henry. Solange wir mit Überlichtgeschwindigkeit fliegen, können wir nicht einfach mit einem Shuttle starten ...«

»Stimmt auch wieder. Sonst enden wir als interstellarer Sternenbrei«, nickt Babbel.

Während des Überlichtfluges befindet sich das Raumschiff im Hyperraum. Und da kann man nicht einfach aussteigen, weil die kosmischen Kräfte einen dann auf der Stelle in seine Einzelatome zerlegen würden.

»Das Problem werden wir schon irgendwie lösen«, sage ich unbeirrt. »Außerdem bin ich lieber Sternenbrei, als dass ich mich noch einmal von den Staffordiern oder Captain Wopp gefangen nehmen lasse.«

Thalia und Babbel wechseln zweifelnde Blicke. Dann sagt die Prinzessin: »Henry hat recht. Wir sollten es versuchen.«

»Ich weiß nicht ...«, sagt Babbel zögernd. Er will gerade einen anderen Vorschlag machen, als wir am anderen Ende des Ganges wieder den Stechschritt der Staffordier hören.

Kurz darauf ertönt erneut die bellende Stimme des Sergeants: »Da vorne sind sie. Los, Leute. Schnappt sie euch! Und wenn sie sich wehren, erschießt sie.«

Babbel drückt mir und Thalia eine Laser Gun in die Hand – für alle Fälle.

Dann rennen wir los.

14.

Wir springen kopfüber in den nächsten Gravoschacht, der uns in die unteren Level des Raumschiffs bringt. Irgendwo hier müssen die Hangars mit den Beibooten sein.

Wir rennen durch Korridore und Lagerhallen, durchqueren den Maschinenraum, wechseln erneut das Level und verirren uns fast in den labyrinthischen Gängen des RettichRaumers.

Immer wieder hören wir die stampfenden Schritte der Staffordier hinter uns, weichen Lasersalven aus, verstecken uns hinter Müllbergen oder retten uns in letzter Sekunde in einen Gravoschacht.

Völlig atemlos erreichen wir schließlich das unterste Level des Raumschiffs. Wir sind schweißgebadet. Um uns herum ist es verdächtig still. Haben die Staffordier etwa unsere Spur verloren?

Dann entdecken wir ein breites Schott, auf dem in pastunischer Krakelschrift und in Kosmoranto steht, dass sich dahinter der Shuttle-Hangar befindet.

Wir haben es geschafft! Gleich sind wir gerettet!

Babbel drückt mit seinem Tentakel auf das Bedienelement des Schotts, das sich rumpelnd öffnet.

Dahinter sehen wir eine riesige Halle, in der gleich

mehrere kleinere Shuttle-Raumschiffe stehen. Eine Woge der Erleichterung überkommt uns.

Wir wollen gerade den Hangar betreten, als wir direkt hinter uns die Stimme eines Staffordiers hören: »Nicht so eilig, meine Herrschaften. Hebt die Hände und dreht euch ganz langsam um. Und macht keine Dummheiten! Meine Laser Gun ist direkt auf euch gerichtet.«

Augenblicklich macht es dreimal *plumps* – es ist das Geräusch unserer Herzen, die uns in die Hose rutschen.

15.

Ganz langsam und mit erhobenen Händen – beziehungsweise erhobenen Tentakeln – drehen wir uns um.

Vor uns steht ein riesiger Staffordier, der seine Waffe auf uns richtet und dabei die Zähne bleckt.

»Euer kleiner Ausflug ist hiermit beendet. Captain Wopp wird sich freuen, euch wiederzusehen. Und ich darf mich über die Belohnung freuen. Höhöhö.«

Staffordier-Lachen klingt ungefähr wie eine kaputte Klospülung – gurgelnd, blubbernd, röchelnd. Total ekelhaft.

Oh Mann, das darf doch alles nicht wahr sein, denke ich frustriert. Zentaurische Zehnkopf-Vipern, ein Schrott-Raumschiff, SpyBots – und jetzt auch noch ein lachender Staffordier. Hört das denn nie auf?!

16.

Wir müssen uns wohl damit abfinden, dass unsere Flucht gescheitert ist. Staffordier kennen einfach keine Gnade.

Eigentlich hat ja jede Spezies, egal wie fremd oder bizarr sie ist, immer auch ihre guten Seiten.

Wabrilonische Quarzwarzen zum Beispiel haben hochgiftige Hautdrüsen – aber in Wahrheit sind sie eine freundliche Spezies, die niemandem etwas zuleide tut.

Oder schulotische Benotauren – egal, was man sagt, die müssen einen immer verbessern. Trotzdem sind sie ein hilfsbereites Volk, das es mit allen Lebewesen des Universums gut meint.

Oder die Sprunzecken vom Planeten Zorus. Die sehen aus wie zweibeinige Skorpione. Wer sie berührt, ist augenblicklich tot. Doch ausgerechnet diese Wesen sind die besten Ärzte des Universums und mit ihrer Hilfsorganisation *Der Rote Stachel* retten sie Kranke und Verletzte.

Alle diese seltsamen Kreaturen haben also auch ihre positiven Eigenschaften.

Nur Staffordier, die sind einfach zu hundert Prozent brutal und gnadenlos.

Während ich meinen düsteren Gedanken nachhänge, merke ich gar nicht, dass sich der Gesichtsausdruck des Staffordiers verändert hat. Er bedroht uns zwar immer noch mit seiner Laser Gun, sieht aber auf einmal auch sehr nachdenklich aus. Mit in Falten gelegter Stirn fragt er: »Wie alt seid ihr eigentlich?«

Nachdem wir zögernd unsere Antwort gegeben haben, schüttelt der Staffordier den Kopf und murmelt: »Dann seid ihr ja praktisch noch Welpen. Das wusste ich nicht, als ich den Befehl bekam, euch zu suchen.«

Plötzlich sichert er seine Laser Gun und steckt sie zurück in das Holster. Er blickt sich misstrauisch um, stellt fest, dass niemand sonst in der Nähe ist, und flüstert dann: »Hört zu, Kids. Wenn ihr an Bord bleibt, habt ihr keine Chance zu überleben. Unser Sergeant wird euch killen.«

»Okay ... aber ... was heißt das?«, fragt Babbel stotternd.

»Das heißt, ihr müsst das Raumschiff so schnell wie möglich verlassen!«

»Äh ... ja ... genau das hatten wir vor«, sage ich und bin mir immer noch nicht sicher, was hier gerade abgeht.

»Wollen Sie uns denn helfen?«, fragt Thalia, die auch völlig überrascht ist.

Der Staffordier nickt. »Genau das habe ich vor. Darum hört mir jetzt genau zu. Wir dürfen keine Zeit verlieren. Setzt euch in eines der Shuttles. Ich werde nach oben zur Brücke zurückkehren und für einen kurzen Moment den Überlichtantrieb ausschalten. Sobald wir in den Normalraum zurückkehren, startet ihr.«

»Wir verdanken Ihnen unser Leben ...«, sagt Thalia und verneigt sich vor dem Staffordier. Babbel und ich folgen ihrem Beispiel.

Der Staffordier macht eine abwehrende Handbewegung. »Vergesst es. Ich habe zu Hause auch drei Welpen in eurem Alter. Ihr seid jung und unschuldig und ich finde nicht, dass jemand euch etwas antun sollte. Also, viel Glück.«

Wir rennen in den Hangar und gehen an Bord eines der Shuttles. Ich habe ein schlechtes Gewissen. Staffordier sind doch wie alle anderen Spezies. Es gibt gute und schlechte Exemplare. Das darf man nie vergessen.

17.

Das Shuttle ist ungefähr fünfzehn Meter lang und drei Meter breit und hat entfernte Ähnlichkeit mit einem antiken Linienbus. Er gehört zur Orbiter-Klasse, das sind Raumschiffe mit begrenzter Reichweite. Sie dienen meistens dazu, Crewmitglieder von einem Raumschiff auf die Oberfläche eines Planeten zu bringen.

Wir setzen uns in die Pilotensessel im Cockpit. Babbel übernimmt die Steuerung. Schließlich hat er zu Hause auf Terra VII einen Highspeedgleiter, mit dem wir immer zur Schule flitzen, und hat dadurch superviel Flugerfahrung. Bestimmt ist er der geborene Shuttle-Pilot.

Tatsächlich drückt er sofort ein paar Knöpfe und das Shuttle erwacht zum Leben. Viele bunte Lämpchen blinken auf der Steuerkonsole auf und aus den Tiefen des Maschinenraums hören wir ein leises Surren.

»Scheint startbereit zu sein«, erklärt er.

»Hoffen wir, dass das Ding nicht längst durchgerostet ist und wir draußen im Vakuum sofort explodieren ...«, sage ich.

Babbel und ich grinsen. Irgendwie ist das Ganze jetzt doch wieder ein Abenteuer nach unserem Geschmack!

Thalia dagegen hat immer noch ein ernstes Gesicht. Sie macht sich Sorgen und ich kann gut verstehen, warum.

Hinter der großen Energieluke, die den Hangar zum Weltall hin abschließt, schimmert das rötliche Plasma des Hyperraums. Das bedeutet, dass der RettichRaumer immer noch mit Überlichtgeschwindigkeit fliegt.

Dann spüren wir ein sanftes Rütteln und die Aussicht verändert sich. Jetzt sehen wir den gewohnten pechschwarzen Kosmos, in dem weit entfernt ein paar Sterne und Galaxien glitzern.

Babbel drückt auf einen Knopf und deaktiviert die

Energieluke vor dem Hangar. Dann startet er das Shuttle und schon sausen wir hinaus ins grenzenlose Weltall.

Es dauert nur wenige Sekunden, dann sehen wir vor der Cockpitscheibe, wie der RettichRaumer wieder beschleunigt. Kurz darauf explodiert ein greller Blitz. Der Überlichtantrieb hat ein künstliches Wurmloch geöffnet, wodurch das Schiff in den Hyperraum verschwindet.

Wir sind gerettet! Wieder einmal!

18.

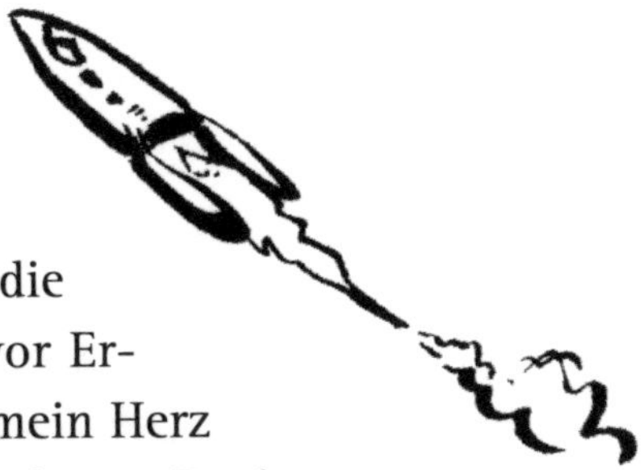

Babbel und ich werfen jubelnd die Arme empor. Thalia fällt mir vor Erleichterung um den Hals, was mein Herz einen kleinen Salto schlagen lässt. Doch dann sind wir erst einmal sprachlos vor Glück und können uns nur lächelnd ansehen.

Schweigend blicken wir durch die große Frontscheibe nach draußen und eine Weile hängt jeder seinen Gedanken nach.

Uns umgibt nichts als das pechschwarze Weltall und eine unendliche Stille.

Im Weltraum ist es natürlich sowieso immer still. Aber in diesem Moment kommt es uns trotzdem noch viel leiser vor.

Nach und nach mischt sich in unsere Erleichterung auch ein wenig Angst. Was wird uns als Nächstes erwarten? Wo sind wir hier eigentlich? Und wie soll es ab jetzt weitergehen?

»Wir wissen nicht einmal, wie der Staffordier hieß, der uns gerettet hat ...«, sagt Thalia schließlich seufzend.

Babbel grinst. »Wie soll er schon heißen? Wahrscheinlich Bello? Oder Fifi?«

Babbel und ich sehen uns an und brechen in johlendes Gelächter aus. Thalia schüttelt ungläubig den Kopf. Schließlich aber muss auch sie lachen.

19.

Niemand weiß so genau, wie groß das Universum eigentlich ist. Ziiiiiiiiiiiiiiiiiiemlich groß. Oder um genau zu sein: Es ist unendlich.

Aber auch das ist nur die halbe Wahrheit. Denn obwohl es unendlich ist, wächst das Universum trotzdem von Sekunde zu Sekunde weiter. Es wird sozusagen immer unendlicher.

Innerhalb dieser Unendlichkeit gibt es nichts, was stillsteht. Die Planeten kreisen um ihre Sonnen, die Sonnensysteme kreisen um die Zentren ihrer Galaxien, die Galaxien wiederum rasen aufeinander zu oder voneinander weg, und all das geschieht mit unvorstellbarer Geschwindigkeit …

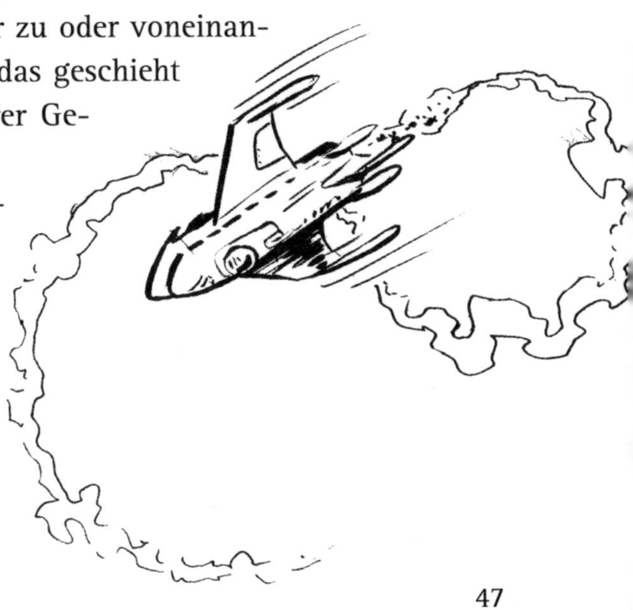

Der kleine Nachteil daran ist, dass Weltraumnavigation unglaublich kompliziert ist.

Man kann in einem Raumschiff nicht einfach auf einen GPS-Knopf drücken und dann sagt einem das Navi, wo man gerade ist.

Space-Navigation ist viel schwieriger. Und genau das wird uns in diesem Moment zum ersten Mal so richtig bewusst. Während Babbel sich mit der Steuerung des Shuttles beschäftigt und zum Training ein paar Loopings fliegt, bediene ich das Navigationsgerät.

Ich gebe per Tastatur ein paar Befehle ein, worauf eine knarzende Robotstimme antwortet: »Führe Positionsbestimmung durch. Voraussichtliche Rechendauer: 183 Minuten.«

»Das sind ja über drei Stunden, du lahme Krücke«, rufe ich aus.

Die Robotstimme antwortet: »Ich verfüge über einen Operationsspeicher von acht Oktilliarden Terabyte. Ich bin keine lahme Krücke.«

»Hilfe, auch noch leicht beleidigt, was?!«

Diesmal antwortet der Rechner zum Glück nicht.

»Solange wir nicht wissen, wo wir sind, können wir auch nicht losfliegen«, erklärt Babbel.

»Stimmt. Sehen wir uns also in der Zwischenzeit ein wenig um«, schlägt Thalia vor.

Babbel geht auf No-move-Modus, er wirft sozusagen einen kosmischen Anker, sodass sich das Shuttle nicht bewegt.

Wir gehen zu dritt in den hinteren Bereich des Shuttles, wo sich neben der Küche ein paar kleine Schlafkojen und ein Aufenthaltsraum befinden. Immerhin gibt es dort einen SpaceTV und eine Musikanlage.

Babbel drückt auf ein paar Knöpfe, stöhnt dann auf und sagt: »Ich habe es befürchtet. Die Anlage spielt nur pastunische Rugaga-Musik. Und auf dem SpaceTV gibt es nur pastunische Spielfilme.«

»Sind die denn so schlimm?«, frage ich.

»Und ob! Alles, was man sieht, ist der Ozean von Karibos und Wellen, die an die weißen Strände der pastunischen Inseln spülen. Das nennen die dann *Action!*«

»Und wieso gibt es dann so viele verschiedene Filme?«

Babbel grinst schräg. »Wellen bei Nacht, Wellen bei

Tag, Wellen bei Sonne, Wellen bei Regen … die Pastunier stehen drauf.«

Ich winke ab. »Hoffen wir einfach, dass wir möglichst bald einen Planeten erreichen.«

»Das kannst du laut sagen«, stimmt Thalia lächelnd zu.

Ihr fällt das Warten noch schwerer als uns. Klar, sie hofft ja darauf, endlich ihren Vater wiederzusehen. Und natürlich hat sie große Angst, dass die Piraten vor uns Terra VII erreichen und ihn gefangen nehmen – oder besser gesagt, den Chip mit dem Bewusstsein ihres Dads stehlen.

Aber Babbel und mir geht es auch nicht viel besser. Wir wollen auch wieder nach Hause zu unseren Eltern und endlich mal wieder im StarGrill gechillt ein paar Burger essen oder mit dem Highspeedgleiter durch die Straßen von New Berlin jagen.

So langsam haben wir nämlich die Nase voll von Abenteuern.

20.

Endlich meldet sich die Robotstimme des Navigationsgeräts im Cockpit: »Ortsbestimmung durchgeführt. Genaue Kosmo-Position lautet 567*Alpha*768*Omega*-894*Delta*8790*Sigma*.«

»Kannst du dich auch verständlich ausdrücken, du Navi-Schnarcher? Wo genau sind wir?«, fauche ich das Navigationsgerät an.

Das Gerät gibt ein schrilles Fiepen von sich, dann sagt die Robotstimme: »Übersetze Kosmo-Position in sternbildlichen Aufenthaltsort für galaktische Nullchecker ... Das Shuttle befindet sich in der *DarkZone* zwischen den Galaxienhaufen Vontura3482 und Hancek786.«

Erschrocken reiße ich die Augen auf. Hoffentlich habe ich mich verhört, denke ich.

Ich werfe Babbel einen panischen Blick zu. Er scheint das Gleiche zu denken wie ich. Seine Haut hat sich vor Angst wieder dunkelblau verfärbt.

Auch Thalia schaut ängstlich zwischen uns hin und her.

Denn was eine *Dark-Zone* ist, haben wir in der Schule in Kosmologie gelernt. Es sind riesige kosmische Areale, in denen einfach nichts ist. Keine Sterne, keine Planeten, keine Kometen.

Nur unendlicher leerer Raum.

Thalia räuspert sich und fragt das Navi: »Wie weit ist der nächste bewohnte Planet entfernt?«

»Der nächste Planet befindet sich im Quadrus-System in der Kugelgalaxie NGC 567-A45. Entfernung circa siebzig Millionen Lichtjahre.«

»Wie lange dauert es, ihn zu erreichen?«

»Negativ. Das Quadrus-System ist mit dem Shuttle-Antrieb nicht erreichbar.«

Babbels Haut verfärbt sich noch dunkler, falls das überhaupt noch möglich ist. Er sieht jetzt aus wie ein tiefschwarzer Gespenster-Oktopus. Mit stockender Stimme fragt er: »Welches Planetensystem können wir denn erreichen?«

»Negativ. Kein System ist erreichbar. Das Shuttle verfügt über keinen Hyperraum-Antrieb.«

»Das darf doch nicht wahr sein ...«, sage ich und meine Stimme ist nur noch ein erschrockenes Flüstern.

Diesmal antwortet nicht das Navi, sondern Babbel: »Wir sind in einem Orbiter und der kann nur Unterlichtgeschwindigkeit ... nicht nur das Navi ist eine lahme Krücke, das ganze Shuttle ist eine.«

»Und was genau heißt das jetzt?«, fragt Thalia, die aufgeregt hin und her läuft.

»Dass wir keine Chance haben, einen Planeten zu erreichen. Oder sonst irgendeinen Ort, an dem es Lebewesen gibt. Wir sind ...«, sagt Babbel heiser.

»Was?!«, frage ich.

»... erledigt. Am A... Fertig. Geliefert.«

21.

Im Geschichtsunterricht haben wir die menschliche Frühgeschichte durchgenommen, also die Steinzeit und so.

Man muss sich das mal vorstellen, die Menschen damals sind mit *Autos* herumgefahren. Das sind so vorsintflutliche Gefährte mit Verbrennungsmotor und Reifen. Zum Totlachen!

Da ist ja jede GalaktoSchnecke schneller ...

Wenn die Menschen damals etwas weiter verreisen wollten, sind sie in *Düsenflugzeuge* gestiegen. Auch ein Witz! Flugzeuge sind so superaltmodische Gleiter, die mit Aerodynamik und Auftrieb funktionierten, weil es ja noch keine Antigravitations-Technologie gab.

Ich kann mir gar nicht vorstellen, wie man so leben konnte. Es muss damals alles unglaublich langsam gewesen sein.

Und dann gab es auch noch *Schiffe,* mit denen die Urmenschen über die Meere gefahren sind. Diese *Schiffe* sind immer mal wieder *untergegangen.* Mit ein bisschen Glück konnten sich die Überlebenden auf ein Floß retten und sind dann tage- oder sogar wochenlang über den Ozean getrieben.

Tja, wie es aussieht, kann so etwas heutzutage auch

noch passieren. Aber nicht auf einem Ozean, sondern im Weltall.

Genau wie den Schiffbrüchigen von damals geht es jetzt Thalia, Babbel und mir. Wir treiben inmitten eines unendlichen Sternenozeans und haben keine Chance, jemals gerettet zu werden.

Unsere Lage ist sogar noch schlimmer als die der Schiffbrüchigen von damals. Die hatten wenigstens genug Luft zum Atmen.

Wir nicht.

Das Shuttle verfügt zwar über eine *Aerofresh*-Anlage, aber auch die hält nicht ewig. Der Bordcomputer rechnet aus, dass wir in spätestens drei Wochen erstickt sein werden.

Bei den Lebensmittelvorräten ist es noch schlimmer. Wenn wir uns super zusammenreißen, haben wir vielleicht für eine Woche genug zu essen und zu trinken.

Andererseits ist das vielleicht ganz gut so.

Bevor wir ersticken, sind wir also längst verhungert.

22.

Wir können nichts weiter tun, als zu warten und auf ein Wunder zu hoffen. Die meiste Zeit sitzen wir im Aufenthaltsraum und quatschen miteinander. Babbel erzählt uns vom Heimatplaneten seiner Familie, Squid-Alpha, und davon, dass er genau wie ich davon träumt, nach der Schule zur Space Academy zu gehen und Raumschiffpilot zu werden, am liebsten in der Magelan Adventure Force.

Wir wollen Abenteuer erleben und in unbekannte kosmische Weiten vordringen.

Na ja, irgendwie tun wir das ja jetzt schon. Aber es macht nicht so richtig Spaß ...

Thalia erzählt uns vom Satyrus-System, wo sie mit ihrer Familie in einem Palast gelebt hat. Ihr Vater, der Sternenkönig, war wohl ziemlich beliebt bei seinem Volk. Unter anderem, weil sich jeder Untertan beim königlichen Fuhrpark bedienen konnte. Das heißt, jeder konnte sich die von riesigen Schlepposaurussen gezogene königliche Kutsche ausleihen und damit herumsausen.

»Darf ich dich mal was fragen, Thalia?«, erkundige ich mich vorsichtig.

»Klar.«

»Du hast uns doch von dem Schatz erzählt, den dein

Volk bewacht und den die Piraten euch abluchsen wollen.«

»Ja, genau.«

»Woraus besteht er eigentlich? Und warum ist er so unglaublich wertvoll?«

»Das würde mich auch interessieren«, sagt Babbel und rückt ein Stückchen näher. »Ist er vielleicht aus kanuralischem Glitzergold? Oder sind Rubin-Fußbälle darin, aus den Minen von Solantus III? Vielleicht sind auch pelsanische Flüsterperlen dabei? Oder lokontische Leuchtdiamanten? Oder alles zusammen?«

Thalia lächelt wehmütig. »Ich befürchte, ich kann eure Frage nicht beantworten.«

»Du darfst bestimmt mit niemandem darüber reden, oder?«, vermute ich.

»Nein, die Wahrheit ist, dass ich es nicht weiß. Ich habe den Schatz noch nie gesehen. Kein lebender Satyraner hat das.«

»Und warum nicht?«

»Mein Volk hat den Schatz vor langer, langer Zeit an einem geheimen Ort versteckt, weil es immer nur Streit und Krieg darum gegeben hat. Ich denke, dass es eine weise Entscheidung war.«

»Und dein Vater ist wirklich der Einzige, der weiß, wo der Schatz ist?«, frage ich.

Thalia sieht mich an und in ihren Augen schimmern wieder ein paar Tränen. Oh Mann, es war echt blöd von mir, mich nach ihrem Vater zu erkundigen. Immerhin ist er irgendwie so etwas Ähnliches wie tot ... auch wenn das so ganz ja auch nicht stimmt.

»Tut mir leid, dass ich gefragt habe«, sage ich leise.

Thalia schüttelt den Kopf. »Ist schon okay, Henry. Außerdem ... na ja, eigentlich darf ich auch darüber nicht sprechen. Aber jetzt ist das ja eigentlich egal. Ihr werdet es sowieso niemandem erzählen können, weil wir bis in alle Ewigkeit an Bord dieses Shuttles bleiben ... es ist nämlich so, dass auch mein Vater nicht wirklich weiß, wo der Schatz versteckt ist.«

»Nicht?!« Ich starre Thalia erstaunt an, genau wie Babbel. »Aber warum sind die Piraten dann hinter ihm her? Sie denken doch, er weiß, wo der Schatz ist?!«

»Ja, das tun sie.«

»Also ...«

»Es ist nicht so einfach zu erklären. Mein Volk hat das Wissen über das Versteck aufgeteilt. Darum gibt es drei sogenannte Geheimnisträger. Und mein Vater ist nur einer davon. Sein Wissen alleine reicht also nicht, um den Schatz zu finden.«

»Und wer sind die beiden anderen?«, fragt Babbel.

»Nicht *wer* – du müsstest eher fragen, *was«*, antwortet Thalia.

»Das verstehe ich nicht.«

Sie schließt die Augen und spricht dann mit einer Stimme, als würde sie ein altes Gedicht aufsagen: *»Ein Wesen, ein Plan, eine Reise – nur wer diesen dreien sein Herz öffnet, kann den Schatz der Satyraner erblicken.* So heißt es in unseren Überlieferungen.«

»Ein Wesen, ein Plan, eine Reise ...«, wiederholen Babbel und ich mit ehrfurchtsvoller Stimme.

Nachdenklich sehen wir alle gemeinsam hinaus in den tiefschwarzen Kosmos. Sehr weit entfernt schimmern schwach ein paar Sterne und Galaxien. Insgeheim frage ich mich, ob es nicht doch ein Fehler war, von dem RettichRaumer zu fliehen. Als Gefangene von Captain Wopp hätten wir vielleicht eine Chance gehabt zu überleben. So aber können wir nichts tun, als auf unser Ende zu warten.

23.

In dieser Nacht werden wir von einer lauten Sirene aus dem Schlaf gerissen. Zuerst wissen wir gar nicht, was los ist. Dann merken wir, dass es die Alarmanlage des Shuttles ist.

Schlaftrunken wanken wir nach vorne ins Cockpit, starren auf die hektisch blinkenden Instrumente und dann hinaus in das kosmische Nichts.

Das heißt, das würden wir gerne. Geht aber leider nicht. An der Außenseite des Cockpitfensters klebt etwas Schleimiges und versperrt uns die Sicht. Das Ganze erinnert irgendwie an Wackelpudding mit Bambrinengeschmack, den meine Schwester über alles liebt.

Was ist das? Haben wir gerade ein kosmisches Geheimnis gelüftet und herausgefunden, dass die Dark-Zones in Wahrheit aus Wackelpudding bestehen? Oder aus kosmischem Schleim?

Babbel hat sich inzwischen auf den Pilotenstuhl gesetzt und das Triebwerk gestartet. Ganz vorsichtig gibt er Gas. Die schleimige Masse gleitet vom Cockpitfenster herunter, sodass wir wieder freie Sicht haben.

Was wir dann zu sehen bekommen, werde ich niemals vergessen. Dort wo in den zurückliegenden Tagen nichts als leerer Raum war, schweben auf einmal Tausende, ja Millionen seltsamer Gebilde. Sie sehen aus wie riesige Regenschirme, an denen durchsichtige Fäden hängen, die mehrere Kilometer lang zu sein scheinen. Im Inneren der Regenschirme pulsiert schwach ein rosafarbenes, grünes oder gelbes Licht.

»So etwas habe ich noch nie gesehen«, sage ich staunend.

Babbel steuert den Gleiter ganz langsam vorwärts. Immer wieder stoßen wir gegen eines der Gebilde, sodass es ein lautes, ekeliges Quatschgeräusch an der Bordwand gibt. Schließlich schnaubt Babbel und sagt: »Ich kann euch sagen, was das ist. Ich habe darüber in meinem KosmoGuide gelesen. Es sind Weltraumquallen. Sie treten immer nur in gigantischen Schwärmen auf. Und wehe, sie kommen einem Planeten zu nahe, dann verspeisen sie ihn mit allem, was darauf lebt.«

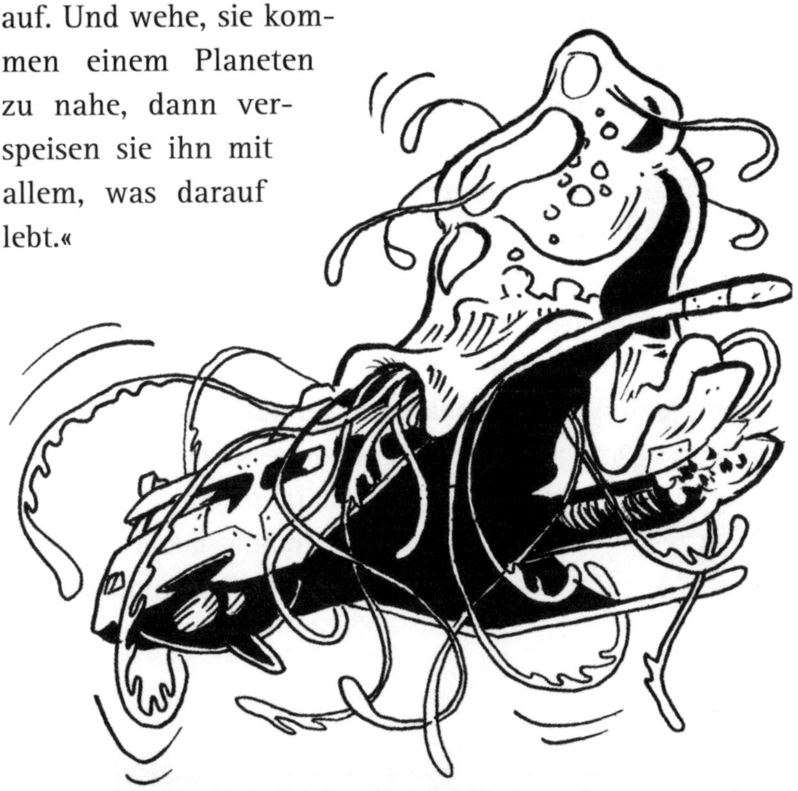

»Gut, dass wir kein Planet sind«, sage ich grinsend.

Babbel aber schnaubt nur: »Freu dich nicht zu früh, Henry. Die normalen Quallen können dem Metall des Shuttles zwar nichts anhaben, aber ...«

Im gleichen Augenblick wird das Shuttle mächtig durchgerüttelt, sodass Thalia und ich zu Boden fallen – sie fällt sogar direkt auf mich drauf, was ich gar nicht so unangenehm finde.

»Hast du dir wehgetan?«, frage ich.

»Nein, es geht schon. Danke, dass du meinen Sturz abgefangen hast.«

»Hab ich äh ... gern gemacht«, stottere ich.

Schon folgt der nächste Stoß und bringt das Shuttle zum Beben. Babbel schreit herüber: »Hört auf zu flirten, dafür ist jetzt keine Zeit! Besetzt lieber den Navigatorenplatz und den Geschützturm ...«

»Klar, aber was ist überhaupt los?«

Ich sehe aus der Frontscheibe und kann mir die Frage selbst beantworten. Messerscharfe Fangarme haben sich in die Außenhaut des Shuttles gebohrt und halten es fest. Nicht weit entfernt kann ich den Besitzer der Fangarme erkennen. Es ist eine gigantische Weltraum-Feuerqualle. Ihr Körper hat einen Durchmesser von mehreren Kilometern und bewegt sich pulsierend auf das Shuttle zu. Dann sehen wir, wie sich in der Mitte ihres Körpers ein gigantischer, mit messerscharfen Riesenzähnen bewaffneter Schlund öffnet ...

24.

Verzweifelt versucht Babbel, unser Shuttle aus den Fängen der Feuerqualle zu befreien. Er stellt den Antrieb auf maximalen Schub, aber nichts passiert. Die Fangarme winden sich immer fester um die Außenhülle.

»In den Nesselzellen ihrer Fangarme ist Säure, die sich durch das Metall des Shuttles frisst. Wir müssen schleunigst zusehen, dass wir sie loswerden ...«, schreit Babbel panisch.

»Bin schon dabei«, antworte ich.

Ich sprinte die schmale Leiter hoch, die zu der kleinen Glaskuppel auf dem Dach des Shuttles führt. Ich lasse mich in den Sitz plumpsen, setze das Headset auf und aktiviere die kleine Bordkanone, mit der wir ausgerüstet sind. Das ist zwar keine Waffe, um wirklich große Kämpfe zu führen. Aber gegen ein paar SpaceQuallen wird sie hoffentlich reichen.

Durch das Visier ziele ich auf den dicksten Fangarm, der sich um das Shuttle gelegt hat. Dann feuere ich einen Schuss ab. Ein grüner Laserstrahl löst sich aus der Kanone. Treffer! Der Fangarm ist durchteilt und das Shuttle macht einen großen Satz nach vorne.

Dumm nur, dass die Feuerqualle jetzt offensichtlich

sauer geworden ist. Blitzschnell schleudert sie mehrere neue Fangarme in unsere Richtung. Ich wirbele auf dem Geschützturm herum und feuere in alle Richtungen! Meine Trefferquote ist gut, aber irgendwann wird sie uns sicher erwischen, denn ich weiß nicht, für wie lange unsere Munition ausreicht.

»Mann, du blöde Qualle. Such dir gefälligst ein anderes Abendessen!«, schreie ich wütend.

Dann ziele ich mit der Bordkanone auf den Körper des Viehs ... aber als hätte sie mich gehört, lösen sich plötzlich ihre Fangarme vom Shuttle und sie schwebt davon.

Babbel gibt augenblicklich vollen Schub und wir flitzen los. Mit rasender Geschwindigkeit sausen wir zwischen den ganzen Regenschirmquallen hindurch. Würden wir nicht immer wieder von anderen Feuerquallen mit Nesselgift beschossen werden, würde es glatt Spaß machen. Babbel ist wirklich der beste Pilot weit und breit. Einen Moment lang fühle ich mich wie bei einer Fahrt in seinem Highspeedgleiter durch die Hochhausschluchten von New Berlin.

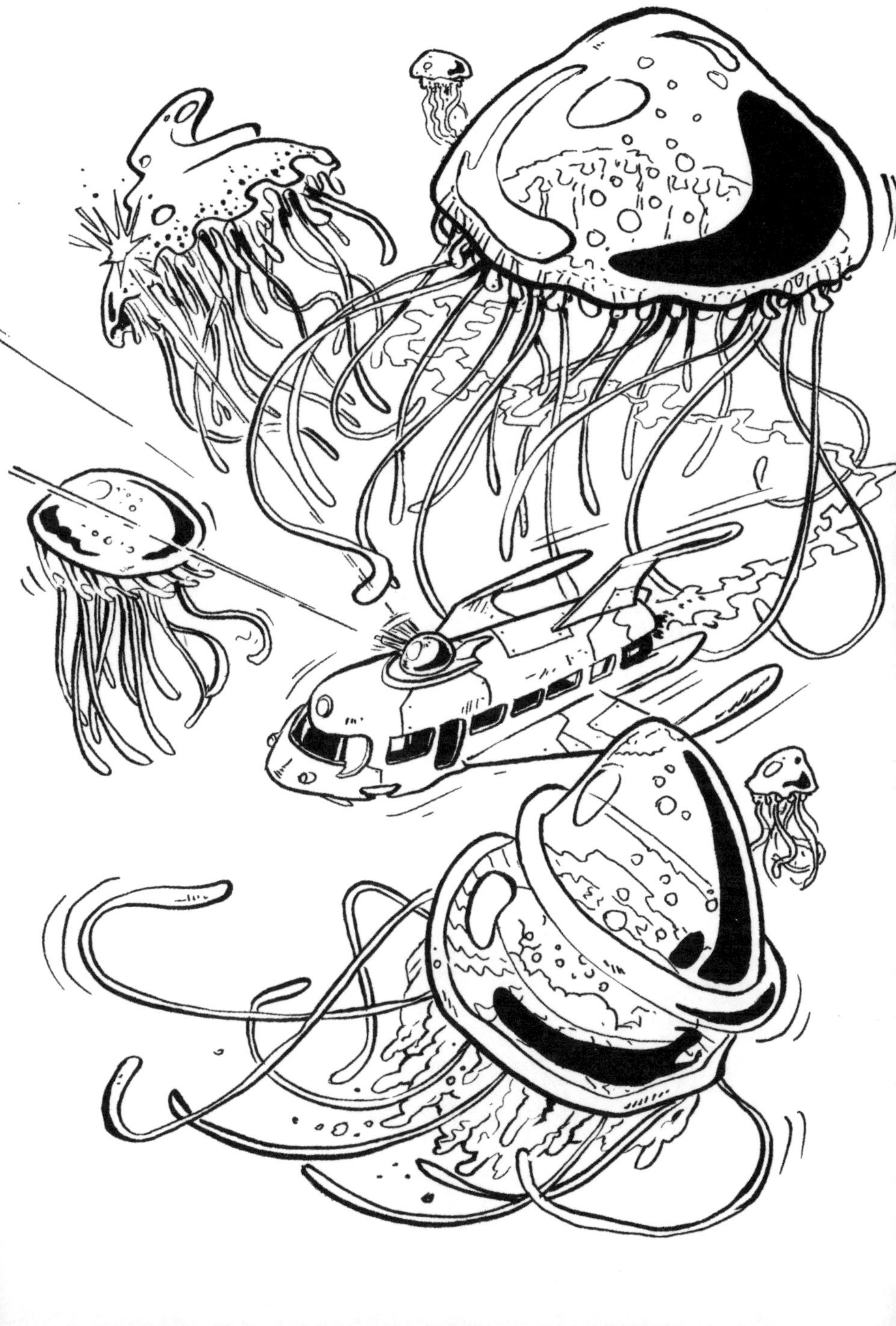

25.

Der Quallenschwarm ist so riesig, dass wir Hunderttausende von Kilometern zurücklegen müssen, bis wir endlich wieder leeren Raum um uns haben.

Schließlich haben wir es aber geschafft. Nur noch vereinzelte Quallen treiben draußen vorbei, doch bald sind auch die letzten verschwunden. Wir sind in Sicherheit, denke ich erleichtert.

Doch als ich die Treppe wieder nach unten steige und ins Cockpit komme, ist es mit meiner guten Laune schlagartig vorbei.

Ich muss nämlich mit ansehen, wie Thalia Babbel umarmt und mit Säuselstimme zu ihm sagt: »Ach, Babbel, du bist ja so ein genialer Pilot. Ohne dich wären wir da nie rausgekommen!«

Und dann drückt sie ihm auch noch einen Kuss auf die Wange! Na toll. Wer flirtet hier eigentlich mit wem?!

Ich räuspere mich und sage: »Na ja, ein bisschen was habe ich ja auch beigetragen, oder?!«

Thalia sieht mich an und lacht laut auf. Dann kommt sie auf mich zu, drückt mir ebenfalls einen Kuss auf die Wange und sagt: »Stimmt, Henry. Ohne dich wären wir definitiv Quallenfutter geworden. Darum bin ich euch beiden auch unglaublich dankbar. Ihr habt mir schon wieder das Leben gerettet.«

26.

Wir sind zwar den SpaceQuallen entkommen, aber was nützt uns das eigentlich?

Schließlich sind wir immer noch Schiffbrüchige im kosmischen Nichts und es besteht nicht die geringste Hoffnung auf Rettung. Unsere kurzfristige Erleichterung ist schnell verflogen und macht einer tiefen Verzweiflung Platz.

Niedergeschlagen versammeln wir uns in der kleinen Bordküche und nehmen eine spärliche Mahlzeit zu uns. Dabei diskutieren wir, ob es nicht das Beste wäre, die gesamten Vorräte auf einmal aufzuessen. Ob wir schon diese Woche verhungern oder erst nächste, macht ja keinen Unterschied!

Babbel geht es wie mir. Er ist total frustriert. Nur Thalia scheint den Mut noch nicht verloren zu haben und versucht, uns zu ermutigen. Sie erinnert uns an Wondra Shek, den Geheimdienst-Commander, dem wir unsere Flucht von Silicius VI zu verdanken haben. Er hat sein Leben geopfert, damit wir fliehen konnten.

»Wir sind es dem Commander schuldig, dass wir nicht die Hoffnung verlieren«, sagt Thalia mit tapferer Stimme.

»Du hast recht«, antworte ich.

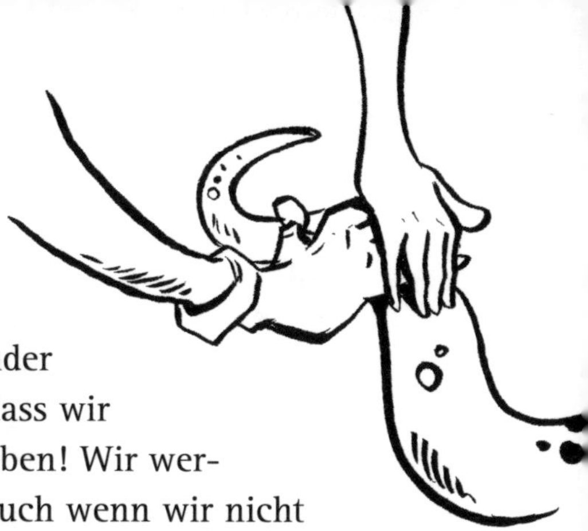

»Finde ich auch«, stimmt auch Babbel zu.

Wir legen die Hände – und Tentakel – übereinander und schwören feierlich, dass wir nicht die Hoffnung aufgeben! Wir werden das hier überleben, auch wenn wir nicht die geringste Ahnung haben, wie es klappen soll.

27.

In dieser Nacht liege ich schlaflos in meiner Koje und zermartere mir das Hirn, wie wir einen Ausweg finden können.

Es muss eine Lösung geben. Ich habe doch immer eine Idee! Aber ausgerechnet jetzt fällt mir einfach nichts ein. Schließlich stehe ich auf, gehe nach vorne ins Cockpit und sehe hinaus zu den Sternen.

Das Universum ist wirklich wunderschön, denke ich.

Und es ist so riesenmegasuperkrasstotalwahnsinnsgroß, dass man es kaum glauben kann.

Ich frage mich, ob es wirklich Zufall ist, dass wir hier an Bord des Shuttles gelandet sind.

Und wenn es kein Zufall war, sondern ein Plan dahintersteckt, welchem Zweck dient er dann? Und wer hat ihn ausgetüftelt?

Hat irgendjemand wirklich vor, uns hier mitten in der *DarkZone* einfach sterben zu lassen?

Während ich so meinen Gedanken nachhänge, merke ich gar nicht, dass irgendetwas anders geworden ist.

Doch plötzlich kneife ich die Augen zusammen und blinzele nach draußen in den Sternenraum.

Da ist etwas. Aber was?!

SpaceQuallen sind es nicht.

Ungläubig starre ich in die Ferne.

Und dann fange ich an zu lachen. Wenig später wird das Lachen zu einem Jubeln.

Da ist es endlich, das Wunder, auf das wir gehofft haben!

28.

Laut rufend renne ich nach hinten zu den Schlafkojen und wecke Thalia und Babbel.

»Los, steht auf. Kommt schon, macht die Augen auf! Ich glaube, wir sind gerettet.«

»Jetzt spinnt er total«, sagt Babbel verschlafen.

»Nein, tue ich nicht. Kommt mit nach vorne, dann seht ihr es selbst.«

Maulend krabbeln er und Thalia aus ihren Kojen und folgen mir nach vorne ins Cockpit. Ich sorge dafür, dass sie sich erst einmal bequem hinsetzen, bevor sie hinaussehen.

Dann aber folgt ein Geräusch, das diese Ecke des Universums bestimmt noch nie gehört hat.

Jubeln trifft es nicht so ganz.

Eher schon ein Mega-Super-Hyper-Bombasto-Jubeln.

Da, wo gerade eben noch *nichts* war, ist jetzt – ein Planet.

Allerdings ein sehr besonderer Planet.

29.

Es gibt vermutlich niemanden im ganzen Universum, der noch nie etwas vom *Hard Rock Planet* gehört hat.

Und das hat einen guten Grund.

Erstens ist der *Hard Rock Planet* eines der größten künstlichen Gebilde, das jemals von intelligenten Wesen erschaffen worden ist. Das Ding ist kugelrund und hat einen Durchmesser von fast tausend Kilometern.

Zweitens ist der *Hard Rock Planet* einer der verrücktesten Orte überhaupt. Der ganze Planet ist innen hohl und eigentlich nichts anderes als ein gigantisches Ferienresort. Es gibt dort Restaurants, Hotels, Kneipen, Diskotheken, künstliche Ozeane, künstliche Urwälder, künstliche Wüsten und künstliche Was-weiß-ich ... für jede Spezies und jeden noch so ausgefallenen Urlaubswunsch findet sich dort genau das Richtige.

Und drittens ist der *Hard Rock Planet* auch ziemlich berüchtigt, weil ungefähr die Hälfte der Anlage aus Casinos besteht. Glücksritter und SpacePoker-Spieler aus allen Ecken des Universums kommen dort zusammen, um tage- oder sogar wochenlang zu zocken. Und dabei werden Stunde für Stunde Milliarden von Galaktos gewonnen oder verloren ...

Inzwischen ist der *HRP* noch näher herangekommen.

Der Planet kreist nicht um eine Sonne, sondern schwebt auf unterschiedlichen Routen durch das gesamte Universum – ungefähr wie eins von diesen steinzeitlichen Kreuzfahrtschiffen, die vor Jahrtausenden über die Meere von Terra I geschippert sind.

Der ganze Planet sieht aus wie eine gigantische funkelnde Leuchtreklame. Milliarden bunter Lichter blinken und blitzen und überall leuchten riesige Bildschirme, die Spots aus den verschiedenen Resorts zeigen. Und natürlich starten und landen permanent Raumschiffe, die die Gäste hinbringen oder wieder abholen.

Auf Schriftbändern, die viele Kilometer lang und Hunderte von Metern hoch sind, laufen in allen möglichen galaktischen Sprachen Werbeslogans:

Besuchen Sie den Hard Rock Planet!

Erleben Sie den Traumurlaub Ihres Lebens!

Kein Wunsch bleibt unerfüllt!

Sonderangebote schon ab 499 Galaktos inkl. Übernachtung und Begrüßungsdrink!

30.

Okay, Leute. Scheint so, als hätten wir es diesmal wirklich geschafft. Das ist unsere Rettung!«, erkläre ich feierlich.

»Darum sollten wir schleunigst Funkkontakt aufnehmen. Bevor der Planet einfach vorbeifliegt«, sagt Babbel.

Er greift zum Funkgerät und es dauert nur Sekunden, bis der *Hard Rock Planet* antwortet. Eine übertrieben gut gelaunte Stimme meldet sich und schreit uns förmlich aus dem Funkgerät an: »Willkommen, willkommen, willkommen! Sie sind bestimmt superfrisch eingetroffene Urlauber und möchten sich super verwöhnen lassen! Wir freuen uns auf Ihren super Besuch! Bitte nennen Sie uns Ihre Reservierungsnummer.«

Babbel antwortet: »Äh ... also, wir haben nicht reserviert. Wir sind ... «

»Sie haben nicht reserviert!?«, unterbricht ihn die Stimme und klingt schon ein bisschen weniger gut gelaunt.

»Nein, weil ... also ...«

»Dann muss ich erst einmal im Belegungsplan nachsehen, ob wir noch ein super Plätzchen für Sie haben, meine superentzückenden Herrschaften! Wie viele Kreaturen sind Sie?«

»Wir sind zu dritt. Aber ...«

Wieder unterbricht die Stimme Babbel. »Zu dritt ... superschön. Leider habe ich aufgrund Ihres superunvorhergesehenen Eintreffens nur noch eine super Präsidenten-Suite in unserer *Prehistoric-Jungle*-Urlaubswelt. Kostet den lächerlichen Betrag von fünftausend Galaktos pro vierundzwanzig Terrastunden.«

Babbels Haut verfärbt sich automatisch schwarz – weil er stinkwütend ist. Genau wie ich und Thalia.

»Fünftausend Galaktos? Das ist Wucher!«, knurre ich leise.

Babbel ermahnt mich mit einem Seitenblick und sagt in das Funkgerät: »Äh, es ist so, dass wir Schiffbrüchige sind und seit Tagen schon hier in der DarkZone festsitzen und ...«

Der letzte Rest an Freundlichkeit verschwindet aus der Stimme des *HRP*-Mitarbeiters. »Heißt das etwa, SIE HABEN KEIN GELD!?«

»Nicht einen GalaktoCent. Aber wie ich schon sagte, wir sind fast verhungert. Und unsere Luftvorräte reichen auch nur noch für wenige Tage und ...«

»Mein Herr, was erwarten Sie von mir!? Der *HRP* ist ein Ort der superguten Laune und der grenzenlosen Fröhlichkeit! Er ist nicht dafür zuständig, die Probleme anderer Leute zu lösen, auch wenn es superschlimme Probleme sind. Darum tut es mir schrecklich leid, aber wenn Sie über keine Finanzmittel verfügen, können wir Sie nicht an Bord nehmen ... viel Glück auf Ihrer weiteren Reise.« Bevor die Funkverbindung abbricht, hören wir, wie die Stimme zu jemand anderem sagt: »Tststs ... das sind bestimmt wieder galaktische Flüchtlinge. Gott, sind die lästig. Am Ende verderben Sie unseren Kunden noch die supergute Laune ... sollen sie doch zusehen, wie sie klarkommen.«

Plötzlich beugt Thalia sich über das Funkgerät und sagt mit wütender Stimme: »Hallo? Sind Sie noch da?«

»Ja, was gibt's denn noch?«, fragt die Stimme in ätzendem Tonfall.

»Hören Sie gut zu! Ich bin Thalia Olympia, Prinzessin des Satyrius-Systems und Herrscherin über alle umliegenden Welten! Ich bin die Gebieterin über die Edelsteinminen von Terassia, Erbin der Goldfälle von Aurotania, Sammlerin der Perlenmuscheln der Südlichen Schmucksee und Trägerin der Unbezahlbar-Krone von

Palhalla. Wir nehmen Ihre verdammte Präsidenten-Suite und ich erwarte ab sofort perfekten Service und Ihre vollkommene Untergebenheit!«

»Ich ... äh ... uh ... also ... Hoheit, ich bin sprachlos!«, stottert der *Hard-Rock*-Mitarbeiter. »Ich wusste ja nicht ... also, wenn das so ist ... das Management des *HRP* fühlt sich supergeehrt über Ihre Anwesenheit, Prinzessin. Bitte folgen Sie dem Leitstrahl auf Landeebene 457. Ich verspreche Ihnen, dass keiner Ihrer Wünsche unerfüllt bleiben wird und ...

»Das will ich auch sehr hoffen, Sie dombransische Darmfaltenbazille.« Wütend beendet Thalia die Funkverbindung.

Babbel und ich starren sie mit offenem Mund an. Bis jetzt kannten wir Thalia nur als höfliches, zurückhaltendes Mädchen, aber ehrlich gesagt ... als schimpfende Prinzessin, die allen sagt, wo es langgeht, gefällt sie uns noch tausendmal besser!

31.

Die Präsidenten-Suite ist das abgefahrenste, luxuriöseste Hotelzimmer, das ich je gesehen habe. Selbst auf dem völlig verrückten *Hard Rock Planet* hätte ich so etwas nicht für möglich gehalten.

Die Suite nimmt das gesamte oberste Stockwerk eines Hotels in der *Prehistoric-Jungle*-Urlaubswelt ein. Sie verfügt über fünf Schlafzimmer, drei riesige Wohnzimmer, fünf Badezimmer, zwei Sporträume, ein Privatkino und eine eigene Schlittschuhbahn. Der Hammer aber ist das *Private Diving Aquarium,* eine Unterwasser-Tauchwelt, in die man durch eine Energieluke in einem der Wohnzimmer gelangt und in der man schwimmen, tauchen und schnorcheln kann.

Ihr könnt euch vorstellen, dass Babbel nicht eine Minute zögert und sich sofort ins Wasser stürzt.

Durch die große Panoramascheibe sehen Thalia und ich staunend zu, wie Babbel durchs Wasser tobt, Loopings und Pirouetten dreht und sich mit den Robot-Sharks wilde Verfolgungsjagden liefert.

Thalia und ich erkunden währenddessen den Rest der Suite und brechen dabei in immer neue Begeisterungsstürme aus. Alle Betten sind mit Aeroschlaf-Funktion und Duftregulator ausgestattet – das heißt, man schläft in bequemer Schwerelosigkeit und kann sich den Geruch der Bettwäsche aussuchen, von Bambrine über Zimt bis Schokocreme (und für die Spezies, die drauf stehen, gibt es auch Schweißfuß, Schimmelkäse und Saurer Rülpser).

Überall in der Suite schweben AirTV-Bildschirme, die per Fingerschnippen aufleuchten und einem zeigen, was immer man sehen möchte.

Sobald der kleinste Krümel zu Boden fällt, huschen dressierte Saugofanten, also alles fressende Zwergdinosaurier, herbei und beseitigen den Dreck.

Die Krönung aber ist die riesige Dachterrasse, von der aus wir einen tollen Blick über den endlosen künstlichen Urwald der *Hard Rock Planet Prehistoric Jungle World* haben. Bis zum Horizont erstreckt sich die künstliche grüne Hölle, in der man Abenteuer-Safaris erleben kann. Wir sehen Schwärme von nachgezüchteten Flugsauriern über die Bäume schweben. Immer wieder taucht der schlanke Kopf eines gigantischen Brontosaurus aus dem Blätterdach auf oder man hört den fernen Jagdschrei eines reanimierten Tyrannosaurus Rex. Wie uns eine Robotstimme erklärt, sind aber alle Saurier, auch der T-Rex, genetisch modifiziert und ernähren sich ausschließlich vegetarisch.

Wenn wir uns in die *Prehistoric Jungle World* stürzen wollen, können wir direkt von der Terrasse in eine kleine, offene Gondel steigen und an einem Drahtseil in den Urwald hinunterrutschen.

Nachdem auch Thalia und ich tauchen waren - wir haben uns auch gleich von dressierten Putzerfischen rundum reinigen lassen –, nehmen wir gemeinsam mit Babbel auf der Terrasse Platz. Unsere privaten Butler-Robot servieren uns ein megaleckeres Zehngängemenü mit allem, was wir uns wünschen.

Nach dem Essen wollen wir eigentlich auf Entdeckungstour gehen und den Planeten erkunden.
Aber dann merken wir, dass wir viel zu müde sind. Nach den Anstrengungen der zurückliegenden Tage ist das ja auch kein Wunder.

Darum verteilen wir uns auf die verschiedenen Schlafzimmer und fallen alle drei in einen langen, erholsamen Schlaf.

Bevor mir endgültig die Augen zufallen, frage ich mich noch, wie man bloß einschlafen kann, wenn Kissen und Decke nach Fischbrötchen riechen – aber Babbel scheint darauf zu stehen.

Ich finde es viel gemütlicher, wenn man von einem wohligen Schokocreme-Duft eingehüllt ist …

32.

Am nächsten Morgen versammeln wir uns auf der Dachterrasse zum Frühstück. Wir sind ausgeschlafen und es geht uns wieder richtig gut.

Während wir uns durch die Berge an Frühstücksleckereien futtern, schmieden wir Pläne für den Tag. Schnell wird klar, dass wir gar keine Zeit haben, die Luxuswelt des *Hard Rock Planet* zu genießen. Schließlich müssen wir dringend zurück nach Terra VII. Die Piraten scheinen unsere Spur zwar verloren zu haben – aber vielleicht sind auch sie schon auf dem Weg nach Terra VII, um Thalias Vater in ihre Gewalt zu bringen.

Außerdem machen sich unsere Eltern bestimmt schon total Sorgen um uns.

Wir beschließen also, ein Reisebüro zu suchen und den nächsten KosmoFlug nach Terra VII zu buchen.

Dann aber räuspert sich Thalia verlegen und erklärt: »Es gibt da nur ein winziges Problem. Die Leute vom *Hard Rock Planet* werden uns bestimmt nicht wegfliegen lassen, bevor wir die Suite bezahlt haben. Und der Flug nach Terra VII wird auch ganz schön teuer sein.«

Babbel und ich sehen sie verständnislos an. Dann sagt Babbel: »Äh ... wir dachten

eigentlich, dass du reich bist. Wegen der Edelsteinminen von Terassia und der Goldfälle von Aurotania und so ...«

»Du musst uns natürlich nicht einladen, aber vielleicht könntest du uns das Geld vorstrecken?!«, füge ich hinzu.

Thalia lächelt verdruckst. »Ich befürchte, das ist ein Missverständnis.«

»Wie jetzt?«, fragen Babbel und ich gleichzeitig.

»Ich bin nicht reich. Im Gegenteil. Ich besitze gar nichts«, erklärt sie.

»Aber du hast doch gestern am Funkgerät gesagt, dass du ...«

Thalia schlägt die Augen nieder und erklärt mit schüchterner Stimme: »Das habe ich doch alles nur gesagt, damit sie uns landen lassen. Sonst wären wir jetzt vermutlich schon tot und ...«

»Dann gehören dir diese ganzen Dinge gar nicht?«, frage ich.

»Doch, aber für uns Satyraner ist Reichtum etwas anderes als für eure Spezies. Die Edelsteine von Terassia würde man auf anderen Planeten einfach als Kiesel bezeichnen. Obwohl sie wirklich sehr weiß und sehr schön sind. Und die Goldfälle von Aurotania sind nichts anderes als ein ganz gewöhnlicher Wasserfall, in dem sich abends der Sonnenuntergang spiegelt, sodass er wie Gold aussieht. Der Anblick ist in der Tat unbezahlbar. Aber es hat nichts mit Geld zu tun.«

Ich lege meinen Müslilöffel ab und lasse mich stöhnend in meinen Sessel sinken. »Dann haben wir wirklich ein Problem. Wenn die Typen mitbekommen, dass wir keinen Cent besitzen, knasten sie uns bestimmt ein. Und dann können wir unsere Rückreise nach Terra VII erst mal vergessen.«

Wir überlegen gerade, was wir unternehmen könnten, als einer der Butler-Robot am Tisch erscheint und sagt: »Wenn ich die Herrschaften unterbrechen dürfte ... Sie haben Besuch.«

»Echt? Wen denn?«, frage ich erstaunt.

Der Butler-Robot verbeugt sich. »Es ist der *General Chief Manager* des *Hard Rock Planet*. Er möchte Ihnen höchstpersönlich die Aufwartung machen.«

Babbel, Thalia und ich sehen uns erschrocken an. Das hat uns ja gerade noch gefehlt.

33.

Kurz darauf steht ein groß gewachsener Tricaptunier in einem perfekt sitzenden Anzug mit Einstecktuch und Krawatte vor uns. Er strahlt über alle drei Gesichter und sagt überschwänglich: »Mein Name ist Jeff Splendid der Dritte, ich bin der *General Chief Manager* oder kurz *GCM*. Es ist eine super Ehre für *HRP Enterprises,* eine so superhochgestellte Persönlichkeit wie Sie, Prinzessin Thalia, bei uns begrüßen zu dürfen. Und das gilt natürlich auch für Ihre Begleiter, Hoheit!«

Tricaptunier haben einen humanoiden Körper, aus dem drei Hälse mit drei Köpfen wachsen. Im Falle von Jeff Splendid sind alle drei Köpfe perfekt frisiert, verfügen über einen gebräunten Teint und makellose Zähne, die immer wieder hell aufblitzen. Seine drei Münder reden meistens synchron, wodurch er klingt wie ein Ein-Mann-Chor.

Splendid klebt mit seinen Augen förmlich an Thalia, was mir gar nicht gefällt, und fragt sie: »Wie geht es eigentlich Ihrem Herrn Vater, Prinzessin?«

»Meinem Vater? Wieso wollen Sie das wissen?«, fragt Thalia unsicher zurück.

»Nun, wie wir gehört haben, hatte Seine Majestät, der

König, einen Unfall und ich wollte mich erkundigen, wie es ihm geht.«

Ich will Thalia zurückhalten, aber sie bemerkt mein Handzeichen nicht und sagt: »Mein Vater und ich hatten keinen Unfall, wir sind überfallen worden. Und mein Vater ist dabei ... sehr schwer verwundet worden.«

Puh, immerhin sagt sie nicht die ganze Wahrheit. Ich frage mich trotzdem, warum Splendid sich überhaupt dafür interessiert. »Und wo befindet sich Ihr Herr Vater nun?«, fragt er.

Thalia will wieder antworten, aber diesmal kann ich sie mit einem Kopfschütteln warnen. Sie versteht und sagt: »Mein Vater ist tot, Herr Splendid, und ich trauere um ihn. Darum möchte ich nicht weiter darüber sprechen.«

Alle drei Köpfe des Tricaptuniers drücken übertrie-

benes Mitgefühl aus. Er verbeugt sich und sagt: »Das verstehe ich, Hoheit. Es tut mir leid.«

»Schon gut. Vergessen Sie es«, sagt Thalia.

Splendid findet zu seinem übertrieben strahlenden Lächeln zurück und sagt mit seiner Haustürverkäufer-Stimme: »Es ist das superoberste Ziel von *HRP Enterprises,* dass sich unsere Gäste super erholen und alle Sorgen vergessen. Darum habe ich eine kleine super Überraschung für Sie!«

»Ich fall gleich supertot um, wenn der Typ so weiterschwafelt«, raune ich Babbel leise zu.

»Und ich muss gleich super kotzen. So ein aufgeblasener Idiot«, flüstert er zurück.

»In wenigen Minuten wird ein Indoorgleiter eintreffen und Sie zu einer kostenlosen super Rundreise durch die super Urlaubswelten des *HRP* mitnehmen. Ich wünsche Ihnen superviel Spaß dabei und darf mich nun empfehlen.«

Splendid will gerade unsere Suite verlassen, als ich mich zu Wort melde: »Noch eine kurze Frage, Mr Splendid. Wem gehört der *Hard Rock Planet* eigentlich?«

»Eine ungewöhnliche Frage, mein junger Herr.«

»Bekomme ich trotzdem eine Antwort?«

Diesmal spricht nur der mittlere Kopf, während die beiden äußeren Köpfe mich bösartig anfunkeln: »Der *HRP* ist im Besitz der *Pegasus Inc.,* des größten, besten und beliebtesten Mega-Konzerns des Universums ...«

Splendid deutet noch einmal eine Verbeugung an und verlässt unsere Suite.

Wir blicken ihm nach und sind immer noch ganz benebelt von der Aftershave-Wolke, die ihn umgibt wie ein Fliegenschwarm einen Doggosaurus-Haufen.

34.

Pegasus! Die Bedeutung dieser Information trifft mich wie ein Schlag.

Ich habe mich also nicht getäuscht, als ich beim Landeanflug gestern das Firmenlogo – ein schwarzes, geflügeltes Pferd auf weißem Grund – auf der Außenhaut des Planeten gesehen habe!

Thalia und Babbel, die meine plötzliche düstere Laune bemerken, sehen mich fragend an. »Was ist denn so schlimm daran, Henry?«, fragt Babbel.

»Mann, Babbel! Erinnere dich doch mal! Pegasus ist die Firma, der das Raumschiff gehört, mit dem wir auf Klassenfahrt gefahren sind!«

»Und in dessen Laderaum wir diese verdächtige Maschine entdeckt haben, die uns nach Silicius VI gebeamt hat ...«, ergänzt er, als ihm klar wird, worauf ich hinausmöchte.

»Genau! Und jetzt erkundigt sich dieser schmierige Typ nach Thalias Vater. Ich kann nicht glauben, dass das alles Zufall sein soll.«

Thalia, die seit dem Gespräch mit Jeff Splendid traurig vor sich hin gestarrt hat, sieht mich nun fragend an. »Und wer oder was ist Pegasus genau?!«

»Eine riesige Firma, die alles Mögliche herstellt. Aber

so ganz genau weiß ich das auch nicht. Machen wir uns doch mal schlau«, erkläre ich.

Ich ziehe mein KosmoPhone aus der Tasche und aktiviere GalaktoPedia. Nachdem ich das Suchwort eingegeben habe, aktiviert sich ein kleiner InfoSpot und wir erfahren, dass Pegasus einer der größten Hightech-Konzerne des Universums ist. Er stellt vom KosmoPhone bis zum Sternenraumschiff so ziemlich alles her, was mit Technik zu tun hat. Die Produkte sind cool und total beliebt, aber auch unglaublich teuer.

Trotzdem hat Pegasus nicht den besten Ruf. Auf den Fabrik-Planeten der Firma im Outer Rim herrschen übelste Arbeitsbedingungen und angeblich sind dort sogar Sklaven im Einsatz.

Am geheimnisvollsten aber ist der Besitzer von Pegasus, der sogenannte *High Owner*. Niemand kennt ihn oder seinen richtigen Namen. Es gibt auch keine Bilder von ihm. Angeblich ist er ein Mensch, aber es kann auch sein, dass er einer anderen Spezies angehört.

Außerdem verrät uns GalaktoPedia, dass Pegasus vor einigen Jahren das SEARCH-EARTH-Projekt gestartet hat mit dem Ziel, die vor Jahrtausenden verschwundene Urerde, also Terra I, wiederzufinden. Dafür spendet der Konzern jedes Jahr zigmilliarden Galaktos.

So richtig schlau sind wir jetzt zwar auch nicht, aber wir einigen uns darauf, ab sofort noch vorsichtiger zu sein. Irgendetwas ist faul mit Pegasus und wir werden schon noch herausfinden, was es ist.

35.

Kurz darauf sitzen wir in einem Indoorgleiter und beginnen unsere Rundreise über den *Hard Rock Planet.*

Der Planet besteht aus zehn Ebenen, auf denen sich jeweils unterschiedliche Urlaubswelten befinden. Das *Prehistoric Jungle World Level,* auf dem wir uns befinden, ist die äußerste und größte Ebene und auch die beliebteste. Für den von Dinosauriern besiedelten Urwald können sich halt viele Spezies begeistern. Darüber ist nur noch die äußere Hülle des *HRP,* auf der sich auch der gigantische Raumhafen befindet, auf dem Tag für Tag fast eine Million Gäste an- und abreist.

Der Robot-Pilot gibt Vollgas und wir überfliegen den dicht gewachsenen Dschungel unseres Levels. Wieder sehen wir alle möglichen Saurier, aber auch fleischfressende Pflanzen, gigantische Wasserfälle und nachgebaute Tempelanlagen.

Dann taucht der Gleiter hinab in einen der Verbindungsschächte, um auf das nächste, tiefer liegende Level zu gelangen. Wir durchfliegen ein Energieschott und finden uns plötzlich in

einer Urlaubswelt für Methan-Atmer wieder, also für Spezies, die nicht Sauerstoff, sondern andere Gase atmen. Babbel und ich nennen sie meistens Pups-Atmer, auch wenn sich das nicht gehört.

Hier herrscht ein rötliches Dämmerlicht und über dem steinigen, unwirtlichen Boden schweben giftig leuchtende Gaswolken. Trotzdem liegen und sitzen überall Priothanier, Anthrokokken, Pransiten und gehörnte Tauranier herum. Sie scheinen sich in der Stinkeatmosphäre pudelwohl zu fühlen.

Das nächste Level gefällt uns schon viel besser. Es heißt *Human Medieval World Level* und besteht aus mittelalterlichen Städten, die inmitten riesiger Laubwälder liegen. Der Robot-Pilot erklärt uns, dass es ein AdventureLevel ist. Die Urlaubsgäste tragen Rüstungen und Schwerter und müssen sich mit Avataren und Cyborgs Schwertduelle liefern.

Babbel und ich sind begeistert und wollen vor unserer Abreise unbedingt noch einmal hierherkommen.

Die nächsten Ebenen sind ebenfalls umwerfend. Es gibt ein mit Wasser gefülltes *Deep Sea Level* (das Babbel natürlich begeistert), ein *Untouched Nature Level,* wo die schönsten Naturschauplätze des Universums nachgebildet sind, und ein sumpfiges *Swamp Level,* das vor allem von Plantaniern gebucht wird.

Der Höhepunkt aber ist das *Fun Park Level,* das nichts anderes ist als der größte Freizeitpark aller Zeiten. Es gibt Achterbahnen, die Hunderte von Kilometern lang sind, Wildwasserbahnen, Geisterbahnen und jede Menge anderer Attraktionen. Es ist einfach der SpaceHammer!

36.

Unser Rundflug endet schließlich auf dem innersten Level des *HRP,* wo sich jede Menge Restaurants, Bars und Konzertsäle befinden. Und natürlich die berühmt-berüchtigten Casinos, die Tag für Tag Millionen von Spielern aus dem ganzen Universum anlocken.

Wir steigen aus, bedanken uns bei dem Robot-Piloten und lassen uns in einem Café nieder, um etwas zu trinken.

»Hey, Henry. Jetzt mach nicht so ein Gesicht! Vielleicht täuschst du dich ja und Pegasus führt gar nichts im Schilde!«, sagt Babbel, als er mein nachdenkliches Gesicht bemerkt, und gibt mir einen freundlichen Stups.

»Und dass dieser Mr Splendid nach meinem Vater gefragt hat, muss auch nichts bedeuten. Vielleicht wollte er nur höflich sein«, fügt Thalia hinzu und schenkt mir ein Lächeln, das mich ein wenig aufmuntert.

Dann aber schüttel ich den Kopf und antworte: »Nein, Leute. Ich bin mir ganz sicher, dass hier etwas nicht stimmt.«

»Und wieso glaubst du das?«, fragt Babbel.

Ich deute auf einen der Nachbartische im Café. »Vielleicht ist es euch nicht aufgefallen. Aber seit wir losgeflogen sind, werden wir beschattet. Dreht euch einfach mal unauffällig um.«

Babbel und Thalia blicken sich vorsichtig um. Drei Tische weiter sitzen zwei Longheads, die so tun, als wenn sie uns nicht beachten. In Wahrheit aber beobachten sie uns die ganze Zeit.

Leise sage ich: »Seht ihr die beiden? Ihr Gleiter war die ganze Zeit hinter uns, seit wir losgeflogen sind. Und jetzt sitzen sie im Café mehr oder weniger neben uns. Die überwachen uns, jede Wette.«

»Stimmt, ich habe sie vorhin auch schon bemerkt. Sie haben so komisch herübergesehen, aber ich habe mir nichts dabei gedacht«, sagt Thalia.

»Es könnte auch Zufall sein«, gibt Babbel zu bedenken.

»Klar, könnte sein. Aber für meinen Geschmack ist das alles ein bisschen viel Zufall. Höchste Zeit also, dass wir uns Gewissheit verschaffen«, sage ich.

»Was hast du vor?«, fragt Babbel.

»Ich will mal hören, worüber die Typen so reden.«

»Und wie willst du das machen?!«

»Ganz einfach. Ich werde unsere Beschatter beschatten«, sage ich grinsend und stehe vom Tisch auf.

»Sei bloß vorsichtig«, sagt Thalia.

»Keine Sorge, mir passiert schon nichts«, erkläre ich selbstbewusst und verschwinde im dichten Gedränge einer großen Gruppe pudelotischer Urlauber, die mit ihrem Schwanzgewedel und Herumgekläffe die perfekte Tarnung bieten.

37.

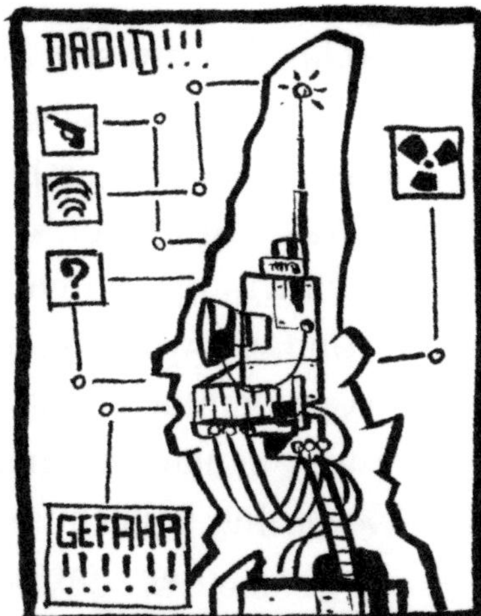

Longheads sind Abkömmlinge von Menschen, die seit vielen Jahrtausenden auf einem Planeten namens Sungus leben. Ihre Körper haben sich durch die starken Vertikalwinde in ihrer Heimat verändert, sodass sie im Laufe der Zeiten immer schlanker geworden sind und lange, spitze Köpfe bekommen haben.

Ich tue zunächst so, als würde ich mit meinem KosmoPhone ein paar Schnappschüsse von der Umgebung machen. In Wahrheit aber lasse ich meine SpyApp laufen, die mir schon so manchen nützlichen Dienst erwiesen hat.

Und so ist es auch diesmal. Die App analysiert das Bild der Longheads und teilt mir kurz darauf mit, dass es sich in Wahrheit um Droiden handelt – künstliche Robot-Wesen, die nur als Longheads getarnt sind.

Meine innere Alarmanlage heult sofort auf. Mit Droiden ist nicht zu spaßen!

Zum Glück nehmen nun auch die Pudeloten in dem Café Platz. Sie bestellen Näpfe voll Cola und anderer Getränke, schlabbern, jaulen und kläffen herum. Es herrscht ziemlicher Trubel.

Den nutze ich aus, um mich näher an den Tisch unserer Beschatter heranzuschleichen. Obwohl sie Droiden sind, kommunizieren sie zum Glück nicht per Datentransfer, sondern in normaler Sprache. Ich kann sie also belauschen.

Der eine Droide scheint einen Wackelkontakt im Stimm-Relais zu haben, denn er spricht ziemlich abgehackt: »Hey, der junge *chchrtt* Humanoide ist *wcttrrt* verschwunden.«

Offenbar bin ich gemeint.

»Ich habe ihn gerade noch gesehen. Er macht nur ein paar Bildaufnahmen«, antwortet der andere.

»Verdammt, der *Chief Manager* hat aber befohlen, dass wir die drei *xctrptt* keine Sekunde aus den *chhrtt* Augen lassen sollen.«

»Er wird schon wieder auftauchen.«

»Mann, dieser Auftrag *chschtrr* stinkt mir. Eigentlich wollte ich mir heute ein *vffffrtx* Ölbad gönnen und meine Platinen *ctrghzt* warten lassen.«

»Du solltest lieber mal dein Stimm-Relais überholen lassen. Es tut mir in den Audiosensoren weh, wenn du redest.«

»Jetzt werde nicht *cccrrt* beleidigend.«

»Jaja, schon gut.«

Die beiden schweigen eine Weile, dann fragt der eine Droide: »Wieso sind die drei Kids *krtzhfr* eigentlich so *crrt* wichtig?«

Der andere macht ein schlaues Gesicht. »Die Kleine da, die Prinzessin, weiß etwas, was für den *High Owner*

ungeheuer wichtig ist. Hat etwas mit dem geheimen *Treasure Project* zu tun.«

»Was ist *chrrrt* das denn?«

»Keine Ahnung. Irgendetwas mit einem Schatz. Angeblich geht es dabei um Trilliarden Galaktos. Darum dürfen wir die drei auch nicht aus den Augen verlieren. Der *Chief Manager* lässt uns sonst demontieren!«

»Autsch! Aber wohin sollen sie *ccrxbt* schon fliehen?«

Der Droide gibt ein dreckiges Lachen von sich. »Sie könnten versuchen, den *Hard Rock Planet* per Raumschiff zu verlassen. In dem Fall werden sie augenblicklich gefangen genommen.«

Ich habe genug gehört und kehre zu unserem Tisch zurück.

38.

Nachdem ich Babbel und Thalia erzählt habe, was ich mit angehört habe, sind wir uns einig: Wir stecken immer noch bis zum Hals in Schwierigkeiten.

Offenbar sind auch die Leute von Pegasus hinter Thalia her, weil sie genau wie die Piraten den Schatz der Satyraner finden wollen. Was sonst sollte das geheime *Treasure Project* sein?

Das erklärt auch, warum Jeff Splendid sich heute Morgen nach Thalias Vater erkundigt hat.

Fragt sich nur, ob Pegasus mit der Piratenarmee von Captain Wopp gemeinsame Sache macht oder ob sie Konkurrenten sind. Aber egal wie, es macht unsere Situation nicht besser.

»Eins ist klar, Leute. Wir müssen so schnell wie möglich von hier verschwinden«, erklärt Babbel.

»Einfacher gesagt als getan. Sie wollen uns gefangen nehmen, wenn wir den *HRP* verlassen«, sage ich.

»Dann müssen wir halt abreisen, ohne dass sie es merken«, sagt Thalia.

»Genau«, stimmt Babbel zu.

»Und wie stellt ihr euch das vor?«, frage ich.

Thalia antwortet mit einem entzückenden Lächeln, das mich sofort zum Schmelzen bringt: »Ich bin mir ganz sicher, dass du auch dafür wieder eine geniale Idee hast, Henry.«

Babbels Haut verfärbt sich daraufhin lila und er protestiert: »Hey, ich hab ab und zu auch geniale Ideen.«

»Das weiß ich doch«, sagt Thalia versöhnlich.

39.

Um keinen Verdacht zu erregen, verbringen wir den Rest des Tages wie ganz normale Urlauber.

Als Erstes besuchen wir das *Human Medieval World Level.* Babbel verkleidet sich als Ritter, wobei er vermutlich der erste und einzige Ritter der kosmischen Geschichte ist, der acht Arme hat. Ich gehe als Bogenschütze und Thalia übernimmt die Rolle einer Waldläuferin. Wir streifen durch eine mittelalterliche Burgstadt, laufen durch die künstlichen Wälder und liefern uns gefährliche Duelle mit Avataren.

Babbel und ich sind total baff, wie geschickt Thalia mit dem Schwert umgehen kann. Sie lächelt selbstbewusst und erklärt uns, dass es am königlichen Hof von Satyrius üblich sei, an Waffen ausgebildet zu werden.

Anschließend machen wir einen Abstecher ins *Fun Park Level* und fahren mit dem *SpaceJet Roller Coaster,* der längsten Achterbahn des Kosmos. Die Wagen beschleunigen von null auf tausend in drei Sekunden, machen Loopings, Schrauben, Überkopffahrten und Senkrechtabstürze – der Wahnsinn!

Als wir aussteigen, ist Babbels Haut grün, was bei Tentakeloiden – genau wie bei allen anderen Spezies – bedeutet, dass ihnen kotzübel ist. Er schwankt in eine Ecke und reihert erst einmal ausgiebig. Thalia und ich lachen uns schlapp. Wir haben ihn gewarnt, dass er sich vor dem Roller Coaster nicht den Bauch mit Sardellenchips und Shrimps-Coke vollstopfen soll.

40.

Abends gehen wir noch auf ein Konzert von *Dr Dro and the Cosmic Fireflys,* den absoluten Mega-Superstars, die gerade erst mit zehn *Golden Galaxies* als bester Pop-Act des Universums ausgezeichnet wurden. Wir sind überglücklich, dass wir noch Karten ergattern konnten.

Okay, das Konzert ist dann nicht soooo überwältigend. Dr Dro ist Hämorodier vom Planeten Skunk und sein Gesang klingt wie das große Geschäft eines Kackosauriers mit Verdauungsbeschwerden. Seine Band, die *Cosmic Fireflys,* sind auch nicht viel besser. Als der piktanische Donnersackirist spielt, geht die Sprinkleranlage los, weil es wie der Feueralarm klingt. Und als die beiden Lokotier ein Solo auf ihrem Schleimofon zum Besten geben, hätte ich, ohne zu zö-

gern, mein Jahres-Taschengeld gegen ein paar Ohrstöpsel eingetauscht.

Trotzdem kreischen die übrigen Besucher hysterisch und fallen reihenweise in Ohnmacht, während Dr Dro auf der Bühne seinen hämorrhoidischen Rap singt.

Spät am Abend kehren wir auf die Suite zurück. Der Tag hat sich gelohnt. Erstens hatten wir jede Menge Spaß und zweitens habe ich in der Zwischenzeit einen Plan entwickelt, wie wir vom *HRP* entkommen können.

41.

Am nächsten Tag ist es so weit. Wir starten mit den Vorbereitungen für unsere Flucht.

Nach einem ausgiebigen Frühstück kehren wir mit einem OmniShuttle auf die innerste Ebene des *HRP* zurück – dorthin also, wo sich die Restaurants und Casinos befinden.

Stufe eins meines Plans sieht so aus, dass wir erst einmal an Geld kommen müssen. Denn ohne genügend Galaktos in den Taschen werden wir nie von hier wegkommen.

Da wir aber leider total pleite sind, gibt es nur eine Möglichkeit, unsere Kasse zu füllen: Wir müssen in eines der Casinos und zocken, was das Zeug hält. Vor allem aber müssen wir gewinnen!

Sobald wir genug Bargeld beisammenhaben, folgt Stufe zwei meines Plans. Wir suchen einen möglichst zwielichtigen Pokerspieler und überreden ihn, uns mit seinem Raumschiff vom *HRP* zu schmuggeln. Dafür bieten wir ihm alles, was wir an Geld gewonnen haben.

Der Plan ist riskant und es gibt keine Erfolgsgarantie. Aber mit ein bisschen Glück könnte es klappen. Vor allem weil es in den unzähligen Casinos auf dem *HRP* an zwielichtigen Typen wirklich nicht mangelt.

42.

Als Erstes versuchen wir unser Glück im größten Casino des Planeten, dem *Red Giant*.

Die Türsteher wollen uns zunächst nicht reinlassen und wieder einmal muss Thalia klarmachen, dass sie eine Prinzessin ist – eine *echte* Prinzessin!

Babbel und mich gibt sie als ihre Bodyguards aus. Die Türsteher schauen beeindruckt und weichen vorsichtig

zurück, als wir an ihnen vorbeigehen.

Das *Red Giant* besteht aus einer riesigen Halle. Sie ist so groß, dass man, egal wo man sich gerade befindet, nie das Ende erkennen kann. Man bräuchte Tage, um sie zu durchqueren. Darum gibt es überall AntigravLaufbänder, auf denen die Gäste hin und her flitzen. Über unsere Köpfen schwirren außerdem Kellner-Drohnen hinweg, um Getränke und Essen zu servieren. Es ist laut, total verqualmt und so hektisch wie auf dem Weltraumbahnhof von Shibutandor zur Rushhour.

Andererseits hat das Chaos auch einen Vorteil. Es gelingt uns ohne große Probleme, unseren Verfolgern zu entwischen. Denn natürlich sind auch heute wieder ein paar verkleidete Droiden hinter uns her, um uns zu beschatten.

Nachdem wir die Robots los sind, schlendern wir zwischen den Spieltischen hindurch, um uns erst einmal einen Überblick zu verschaffen. Staunend stellen wir fest, dass so gut wie alle Spezies des Universums hier vertreten sind. Und egal wie unterschiedlich sie sonst auch sein mögen, eine Leidenschaft teilen sie alle: das Glücksspiel. An Tausenden von Tischen drängeln sich Staffordier und Mangusen, Pythonier und Wabrilonen,

Pastunier und Schleimos, Menschen und Laufwurzler – und noch Hunderte andere Spezies. Es wird gespielt und gewettet, gewonnen und verloren, gelacht und geweint, beglückwünscht und beneidet.

Zum Glück fällt es uns nicht schwer, Stufe I meines Planes umzusetzen, nämlich Startkapital einzusammeln. Immer wieder sieht man vom Glücksspiel berauschte Zocker, die total ausflippen, wenn sie gewinnen, und mit dem Geld nur so um sich werfen.

Wir sammeln die Münzen auf, bis wir genug beisammenhaben, um selbst unser Glück zu versuchen.

43.

Zeit für Stufe II meines Planes: Jetzt müssen wir selber spielen, um aus unserem Startkapital ein kleines Vermögen zu machen.

Die wichtigste Frage ist, für welches der vielen Spiele wir uns entscheiden.

Snake-o-Bite kommt jedenfalls nicht infrage. Bei dem Spiel legt man einer zentaurischen Zehnkopf-Viper Münzen auf die Köpfe. Der Spieler, der als einziger nicht gebissen wird, hat gewonnen, ganz einfach, weil alle anderen tot sind. Das ist uns zu gefährlich.

Babbel schlägt vor, es beim *Koilette* zu versuchen. Das ist ein Unterwasser-Game, bei dem nummerierte Kügelchen mit Fischfutter in ein Wasserbecken geworfen werden. Die Kugel, die der Glücks-Koi auswählt und auffrisst, gewinnt.

Wir versuchen es ein paar Mal, verlieren aber immer nur. Babbel kennt sich vielleicht mit Fischen und Fischartigen aus – aber im *Koilette* ist er trotzdem eine Niete.

Danach schlage ich vor, es mit *Black Hole* zu versuchen. Dabei setzt man sein Geld auf die Sterne einer künstlichen Mini-Galaxie, in der bei jeder Runde ein künstliches Schwarzes Loch erzeugt wird. Die Spieler, deren Einsatz nicht im Schwarzen Loch verschwindet, gewinnen.

Wir haben wieder Pech und unser Einsatz verschwindet jedes Mal im Schlund des Schwarzen Lochs.

Verdammt! Wenn das so weitergeht, sind wir bald wieder pleite.

44.

Schließlich darf Thalia einen Vorschlag machen und sie entscheidet sich ausgerechnet für *DevilFight*.

Das Spiel gilt als ziemlich brutal und ist in vielen Galaxien sogar verboten. Bei ihm treten wanturische Zwerggladiatoren gegeneinander an, wobei sie nicht selten verletzt und ab und zu sogar getötet werden. Keine Ahnung, warum Thalia ausgerechnet dabei ihr Glück versuchen möchte.

Um die *DevilFight*-Tische herrscht ziemliches Geschiebe und nur mit Mühe gelingt es uns, bis ganz nach vorne zu drängeln.

Auf dem Tisch ist eine Miniatur-Nachbildung des antiken römischen Kolosseums aufgebaut, in dem die Zwerggladiatoren, die nur etwa zehn Zentimeter groß sind, gegeneinander antreten. Man kann auf die Kämpfer wetten und je nach Wettquote bekommt der Gewinner ein Vielfaches seines Einsatzes zurück.

Als Nächstes soll ein mit Schild und Schwert bewaffneter ZwergThraker gegen einen behelmten Murmillo antreten.

»Auf wen sollen wir wetten?«, frage ich Thalia.

»Ich weiß noch nicht«, antwortet sie, lächelt aber geheimnisvoll.

XII DEVIL FIGHT XII
CASINO
XII
XII

Wir entscheiden uns für den Thraker, obwohl er viel schwächer als sein Gegner aussieht. Eine Mini-Trompete kündigt den Kampfbeginn an und meine Befürchtungen scheinen sich zu bewahrheiten: Der Murmillo geht wütend auf den Thraker los und drängt ihn in die Ecke. Schon nach wenigen Minuten ist er kurz davor, seinem Gegner den finalen Stich zu versetzen. Plötzlich aber wendet sich das Blatt. Unser Kämpfer pariert den Stich, gewinnt die Oberhand und entscheidet den Kampf für sich!

Wow, dank der Traumquote haben wir plötzlich mehr Geld als am Anfang.

Beim nächsten Kampf setzt Thalia wieder unser ganzes Geld – und wieder gewinnen wir, obwohl wir auf den scheinbar Schwächeren wetten.

Nach fünf gewonnenen Runden haben wir mehr Geld, als ich glauben kann. So viel Glück kann es doch gar nicht geben!

Stimmt, gibt es auch nicht, denke ich grinsend. Denn beim letzten Kampf ist mir etwas aufgefallen. Immer wenn unser Kämpfer zu verlieren scheint, fängt Thalia an, leise zu singen und sich unauffällig hin und her zu wiegen.

Sie hypnotisiert den Gegner!

Es ist bestimmt mehr als verboten, die Spieler zu beeinflussen, aber es ist ja für einen guten Zweck! Nämlich für unsere Freiheit.

Nach sieben gewonnenen Runden haben wir genug Geld beisammen, dass wir nun Stufe III meines Plans in Angriff nehmen können: Wir suchen einen zwielichtigen Typen, der uns von hier wegbringt.

45.

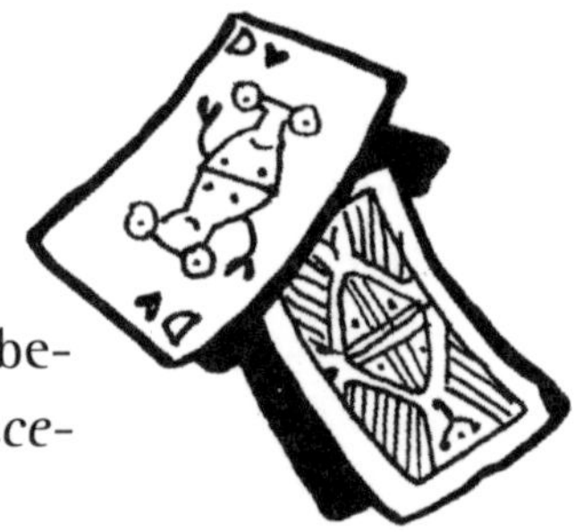

Wir gehen rüber in den Casinobereich, in dem die Tische für die *Space-Poker*-Spieler stehen.

Hier lungern jede Menge schräge Typen rum.

Typen, die für Geld alles tun würden. Die kein Risiko scheuen und auf die Gesetze pfeifen.

Mit anderen Worten: Typen, wie wir sie brauchen.

Obwohl hier beim SpacePoker noch mehr Geld eingesetzt wird als im übrigen Casino, ist es trotzdem viel ruhiger. Die Spieler sind so konzentriert, als wären sie bei der Arbeit. Sie belauern sich gegenseitig, bluffen, treiben die Einsätze hoch oder versuchen, sich gegenseitig zu provozieren.

Immer wieder kommt es auch zu Streit. Einmal blitzt der Strahl einer Laser Gun auf, als ein Spieler versucht, einem anderen die Hand abzuschießen. Für ein paar Sekunden herrscht eine gespenstische Stille und alle starren auf den Angreifer – aber dann wird auch schon weitergespielt.

Wir entscheiden uns schließlich für einen neptonischen Zorka, also einen Kiemenatmer, dessen walfischartiger Körper voller Narben ist. Er raucht Seetangzigarren, trägt eine

Augenklappe und in seinem Hüftgürtel stecken zwei gigantische Laserharpunen. In einer Spielpause locken wir ihn vom Tisch weg und ich frage ihn leise: »Entschuldigung, Mister. Wären Sie bereit, uns für zehntausend Galaktos nach Terra VII zu bringen?«

Der Zorka mustert uns von oben bis unten. Dann grinst er und sagt mit seiner blubbernden Stimme: »Warum nehmt ihr nicht einfach den SpaceBus?«

»Wir haben unsere Gründe, Mister.«

»Soll wohl keiner mitkriegen, dass ihr abreist, was?«

»Kann sein.«

Der Zorka leckt sich mit seiner Schuppenzunge über die Lippen und sagt: »Das Mädchen nehme ich mit. Aber du und der Tintenfisch, ihr bleibt hier.«

»Aber ...«

»Und das Geld will ich sofort.«

Während der Zorka noch spricht, streckt er schon eine seiner Flossenhände aus und will Thalia packen. In letzter Sekunde rennen wir weg und verschwinden im Gewühle.

Wir sind frustriert und stocksauer – und Babbel kocht vor Wut. Er hasst es, wenn man ihn Tintenfisch nennt.

Danach sprechen wir einen Mangusen an, einen Staffordier, einen Longhead und einen Plantanier – aber immer ist es dasselbe. Die Typen wollen sofort unser Geld und es ist klar, dass sie nicht vorhaben, uns dafür auch wirklich nach Hause zu bringen.

Schließlich muss ich einsehen, dass Stufe III meines Plans einen entscheidenden Haken hat.

Wenn man mit einem zwielichtigen Typen Geschäfte machen will, ist das Risiko verdammt hoch, dass man nur übers Ohr gehauen wird.

46.

Wir wollen schon aufgeben, als mich plötzlich eine Hand packt und in eine Ecke zieht. Thalia schreit auf und Babbel hebt kampfbereit die Tentakel.

Es ist ein Arachnoide, also ein zweibeiniger Spinnenmann, der jetzt ein seltsames Lachen ausstößt. »Hey, hey, beruhigt euch. Ich will nur mit euch reden.«

»Dann lassen Sie mich los!«, sage ich.

»Schon gut.« Er lässt mich wirklich los.

»Was wollen Sie von uns?«, fragt Thalia, halb ängstlich, halb wütend.

Der Arachnoide sieht nicht gerade vertrauenswürdig aus. Sein Gesicht ist von kurzem dunklem Stoppelfell bedeckt, auf dem Kopf wachsen ein paar Fühler und sein Zangenmaul macht unaufhörlich seltsame Schnappbewegungen. Und an seinem Hinterteil zuckt sein glänzender Giftstachel. Er mustert uns mit seinen acht Augen und sagt leise: »Ich habe gehört, dass ihr ein Schiff sucht. Eines, das euch unauffällig von hier wegbringt.«

Thalia, Babbel und ich wechseln stumme Blicke. Ist das jetzt wieder nur so ein Typ, der uns abzocken will? Aber was bleibt uns übrig? Besonders viel Auswahl haben wir nicht mehr.

»Haben Sie denn ein Schiff?«, frage ich.

Der Arachnoide lacht wieder und sagt: »Klar. Es heißt *Rasende Tarantel* und macht locker doppeltes Überlichtquadrat. Aber die Tickets sind nicht billig. Also, wie viel könnt ihr bezahlen?«

»Zehntausend. Für alle drei«, sage ich.

Der Arachnoide kratzt sich an seinen Stoppelhaaren und zischt dabei nachdenklich. »Die Pegasus-Typen sollen nicht mitkriegen, dass ihr verduftet, richtig?«

»Stimmt. Aber dafür sind zehntausend ja auch ein verdammt guter Preis«, sage ich.

Der Arachnoide nickt: »Du kannst gut verhandeln, Kleiner ... also einverstanden. Wir haben einen Deal. Ich will die Hälfte des Geldes jetzt, die andere Hälfte, wenn wir abgeflogen sind.«

»Und Sie bringen uns bis nach Terra VII?«

»Klar. Bis nach Terra VII.«

»Versprechen Sie es?«, fragt Thalia.

Der Arachnoide sieht sie durchdringend an und am liebsten würde ich das Geschäft sofort beenden. Dann sagt er: »Beim heiligen Arachnus, ich verspreche es.«

Wir geben uns die Hand darauf und die Hälfte unseres Geldes wechselt den Besitzer.

Dann lässt sich der Arachnoide erklären, wo wir wohnen. Er will uns heute Nacht in der Suite abholen. Bis dahin sollen wir uns so unauffällig wie möglich verhalten.

»Wie heißen Sie eigentlich?«, frage ich, bevor wir uns verabschieden.

»Clerck. Ich heiße Clerck«, erklärt der Arachnoide und verschwindet so plötzlich, wie er gekommen ist.

47.

Wir kehren auf unsere Suite zurück und nehmen erst einmal im *Private Diving Aquarium* ein langes, erfrischendes Tauchbad. Dann lassen wir uns von unserem Butler-Robot wieder ein luxuriöses Abendessen servieren.

Leider bekommen wir vor Aufregung kaum einen Bissen runter. Trotzdem zwingen wir uns, etwas zu essen, damit unser schlechter Appetit nicht auffällt.

Außerdem reden wir laut darüber, dass wir am nächsten Tag ein U-Boot mieten wollen, um das *Deep Sea Level* zu erkunden. Schließlich werden wir garantiert abgehört und vermutlich sogar heimlich gefilmt. Die Pegasus-Leute sollen ruhig denken, dass wir noch lange hierbleiben wollen.

Nach dem Essen machen wir laute Musik an, stecken die Köpfe zusammen und besprechen das, was wirklich anliegt.

»Meint ihr, wir können diesem Clerck trauen?«, fragt Babbel flüsternd.

»Nein, aber er ist scharf auf unser Geld. Also wird er tun, was wir wollen«, antworte ich.

»Ich bin mir da nicht so sicher. Irgendetwas stimmt nicht mit ihm«, erklärt Thalia.

»Das Gefühl hatte ich auch. Er verheimlicht etwas«, sage ich.

»Hast du ihn mit der SpyApp gescannt?«, fragt Babbel.

»Ja, ist aber nichts Verdächtiges herausgekommen. Der Typ ist jedenfalls kein getarnter Droide«, erkläre ich.

Thalia seufzt. »Eigentlich haben wir gar keine Wahl, oder? Wir müssen das Risiko eingehen, sonst kommen wir nie von hier weg.«

Babbel und ich nicken. Wir haben nichts zu verlieren. Wenn unsere Flucht misslingt, landen wir im Knast der Pegasus-Leute. Und wenn wir nicht fliehen, landen wir auch dort.

48.

Mitten in der Nacht werde ich vom Butler-Robot geweckt. »Bitte erwachen Sie, Sir. Ein Gast steht vor der Tür.«

»Okay«, sage ich verschlafen – aber schon eine Sekunde später bin ich hellwach.

Es ist so weit! Unsere Flucht beginnt.

Ich springe aus dem Bett und schlüpfe in meine Klamotten. Ein Blick auf mein KosmoPhone zeigt mir, dass Clerck fast eine halbe Stunde zu früh ist.

Was soll's. Je früher wir von hier wegkommen, desto besser.

Babbel und Thalia sind auch schon aufgestanden und abmarschbereit. Wir stehen im Wohnzimmer und sehen uns noch einmal um.

»Mann, an so einen Luxus könnte ich mich glatt gewöhnen«, sagt Babbel seufzend.

»Ich hätte auch nichts dagegen«, sage ich.

Thalia lacht. »Ach ihr ... dieser Reichtum bedeutet gar nichts.«

»Sagt eine Prinzessin, die in einem riesigen Palast lebt ...«, entgegne ich spöttisch.

Thalia gibt mir einen Knuff. »Wenn das hier alles vorbei ist, müsst ihr mich unbedingt auf Satyrius besuchen. Dann werdet ihr schon sehen, dass ich ganz bescheiden lebe …«

Zeit für den Aufbruch. Ich öffne die Tür der Suite, um Clerck hereinzulassen, der dort draußen auf uns wartet.

Aber falsch gedacht!

Vor der Tür stehen drei Staffordier in Pegasus-Uniformen und ein ganzes Regiment bis an die Zähne bewaffneter Kampfdroiden, die ihre Laser Guns auf uns richten!

49.

Instinktiv knalle ich die Tür wieder zu und augenblicklich hören wir draußen das Zischen von Laserschüssen. Zum Glück ist die Tür aus kantelanischem Kryptostahl und hält die ersten Salven ab.

»Verdammt, Clerck hat uns reingelegt! Wir sind erledigt!«, schreie ich und blicke mich panisch um.

»Noch haben sie uns nicht!«, ruft Babbel.

»Stimmt«, sagt Thalia. »Aber wir müssen schleunigst verschwinden!«

Draußen vor der Tür sind die Schüsse verstummt. Stattdessen hören wir die Stimme eines der Staffordier: »Öffnet die Tür! Wir geben euch fünf Sekunden, danach eröffnen wir wieder das Feuer.«

»Heiliger Oktopus! Die meinen es ernst«, schreit Babbel.

»Los, Henry! Wir brauchen einen Plan!«, sagt Thalia.

»Machst du Witze? Einen Plan? In fünf Sekunden?«

»Jetzt sind es nur noch drei!«, sagt Thalia.

»Zwei«, sagt Babbel.

»Eins«, sage ich.

Draußen sind erneut Schüsse zu hören und es dauert keine halbe Minute, bis die Tür rot zu glühen beginnt.

50.

Ein Plan! Ein Plan! Ein Plan!«, sage ich und blicke mich hektisch um. Ich sehe auf das Tauchbecken. Sollen wir uns dort drin verstecken? Quatsch. Darin sitzen wir direkt in der Falle.

In den Schränken? Auch nicht besser.

Dann habe ich eine Idee!

»Los, raus auf die Terrasse«, rufe ich und renne auch schon los.

»Was hast du vor?«, fragt Babbel.

»Werdet ihr schon sehen.«

Die beiden folgen mir hinaus auf die Dachterrasse. Tief unter uns liegt der endlose künstliche Urwald des *Prehistoric Jungle Level.*

In der Brüstung der Terrasse ist eine Tür eingelassen, von der aus man in die kleine Drahtseil-Gondel treten kann, die direkt nach unten in die Tiefe führt.

»Los, steigt in die Gondel, Leute. Der Dschungel ist unsere einzige Chance«, sage ich, öffne die Pforte und gehe voran.

Hinter uns ist eine Explosion zu hören. Die Tür fliegt aus den Angeln. Es folgen Fußgetrampel und wütende Rufe.

»Das ist nicht dein Ernst, Henry«, sagt Babbel und

sieht in die Tiefe. »Tentakeloiden gehören nicht in den Urwald.«

»Ja, aber auch nicht in den Pegasus-Knast.«

»Henry hat recht«, ruft Thalia und folgt mir in die Gondel.

»Meinetwegen«, stöhnt Babbel und klettert hinterher.

Schon schießen rechts und links Lasersalven an uns vorbei und verlieren sich in der Ferne.

Ich löse das Halteseil, die Gondel beginnt zu rutschen. »Es geht los! Haltet euch fest!«, sage ich.

Die Droiden stürmen die Terrasse und nehmen uns ins Visier ihrer Laser Guns.

Wir schließen instinktiv die Augen. Sie haben freie Schussbahn und können uns kaum verfehlen.

Dann aber hören wir die Stimme des Staffordiers: »Nicht schießen, Droiden. Sollen Sie doch in den Dschungel fliehen. Höhöhö ... Und jetzt aktiviert die Saurier! Und stellt sie auf Carnivoren-Modus!«

Nur Sekunden später hören wir unter uns den ohrenbetäubenden Jagdschrei eines T-Rex.

Oder um genau zu sein: eines hungrigen T-Rex!

51.

Die Fahrt mit der Gondel ist nach ungefähr zwei Minuten vorbei. Ein Bremspuffer fängt die Geschwindigkeit ab, sodass wir die letzten Meter sanft zu Boden schweben. Im künstlichen Mondlicht der Dschungelnacht können wir nicht besonders gut sehen, aber es reicht, um sich zu orientieren.

Wir wagen die ersten Schritte über weichen, modrigen Urwaldboden. Sofort umfängt uns schwüle, stickige Dschungelluft. Es riecht nach fauligen Blättern, süßen Blüten und dem Dung fremder Tiere.

Kaum zu glauben, dass dies alles hier künstlich hergestellt wurde. Aber was heißt schon künstlich? Es sind ja keine Roboterpflanzen und auch keine Robotertiere, die hier herumlaufen, sondern die lebenden Produkte der besten Gen-Ingenieure des Universums.

»Was meinte er eigentlich mit Carnivoren-Modus?«, fragt Babbel.

»Das willst du gar nicht wissen«, antworte ich.

»Doch, will er«, sagt Thalia mit bitterer Stimme. »Es bedeutet, dass die Saurier keine Vegetarier mehr sind, sondern ab sofort auf Fleisch stehen.«

»Auf unser Fleisch«, ergänze ich.

Babbel stöhnt auf. »Ich bin kein Fleisch. Ich bin Fisch. Vielleicht mögen sie mich nicht.«

Trotz der Gefahr, in der wir schweben, müssen wir lachen.

Doch dann werde ich wieder ernst: »Wir dürfen keine Zeit verlieren, Leute. Der Urwald mag zwar lebendig sein, aber wir sind trotzdem immer noch auf einem künstlichen Planeten. Das heißt, es muss hier irgendwo technische Anlagen geben. Und so etwas wie einen Notausgang. Den müssen wir finden.«

»Welche Richtung?«, fragt Thalia.

Ich blicke mich um. Alles sieht gleich aus. »Egal. Hauptsache, wir laufen nicht im Kreis.«

»Dann da lang«, sagt Babbel und zeigt in die Richtung, die von dem Hotelkomplex, von dem wir gekommen sind, wegführt.

Wir sind gerade losgegangen, als die nächtliche Stille des Urwalds vom nächsten T-Rex-Schrei durchbrochen wird. Diesmal ist er schon ganz in der Nähe.

»Rennt! Rennt um euer Leben!«, schreie ich.

52.

Wir rennen, so schnell wir können. Die Blätter und Lianen peitschen uns ins Gesicht und schon nach wenigen Minuten sind wir völlig zerschrammt und zerkratzt. Außerdem werden wir von Millionen fieser Insekten gebissen und ausgesaugt.

Aber noch schlimmer ist, dass der Schrei des T-Rex immer näher kommt. Schon spüren wir, wie der Boden unter seinen tonnenschweren Schritten erzittert.

»Dieser verdammte Clerck«, keucht Babbel im Rennen. »Er hat die fünftausend Galaktos eingestrichen und uns ans Messer geliefert.«

»Man soll halt mit zwielichtigen Typen keine Geschäfte machen«, antworte ich.

»War doch deine Idee.«

»Hattest du vielleicht eine bessere?!«

»Darum geht's nicht.«

»Dein Gemoser hilft uns jetzt auch nichts.«

»Immer weißt du alles besser!«

»Das musst du gerade sagen. Idiot.«

»Selber Idiot.«

Thalia bleibt ruckartig stehen und stemmt die Hände in die Hüften. »Fangt ihr schon wieder damit an? Wir werden gerade von einem ausgehungerten T-Rex gejagt, falls ihr es noch nicht bemerkt haben solltet. Rennt lieber, anstatt euch zu streiten!«

Babbel und ich werden mal wieder knallrot. Das heißt, Babbel verfärbt sich eher dunkelpink. »Sorry, du hast recht«, stottert er etwas kleinlaut.

»Mir tut's auch leid«, füge ich hinzu.

»Schon gut. Rennen wir lieber weiter«, sagt Thalia.

Aber ihre Worte gehen in dem schrillen Schrei eines Flugsauriers unter, der uns von oben angreifen will.

Wir drängen uns in ein dichtes Gebüsch, aber die Sicherheit täuscht.

Denn nur einen Augenblick später bricht der mächtige Körper des T-Rex durch die Äste. Er reißt sein gigantisches Maul auf und schnappt nach uns.

53.

T-Rex unterscheiden sich offenbar nicht so sehr von anderen Großwildtieren. Sie sind schnell und brutal, aber sie sind nicht gerade die hellsten.

Immer wieder gelingt es uns, dem zuschnappenden Maul des Riesendinos zu entkommen. Wir schlagen Haken nach rechts oder links und das Vieh reagiert so langsam, dass es immer wieder ins Leere beißt.

Auf die Dauer wird uns das aber auch nicht retten, zumal der Flugsaurier immer noch von oben angreift und kurz darauf auch ein zähnefletschender Megalosaurus auf uns losgeht.

»Okay, Leute. Es gibt einen neuen Plan«, sage ich atemlos.

»Ich habe genug von deinen Plänen«, sagt Babbel.

»Hör mir doch erst einmal zu.«

»Was hast du vor, Henry?«, fragt Thalia, als würde sie schon ahnen, was ich sagen möchte.

Ich nutze eine kurze Pause, die uns die Dinos gönnen, und verkünde mit bleischwerer Stimme: »Ich erkläre mich hiermit feierlich zum Dinosaurierfutter! Ich werde mich schnappen lassen. Mit ein bisschen Glück gibt es dann Streit unter den Viechern und sie sind abgelenkt. Das gibt euch die Gelegenheit zu entkommen.«

»Du ... du willst dich opfern?«, fragt Babbel fassungslos.

»Etwas anderes fällt mir nicht ein.«

»Kommt gar nicht infrage«, sagt Thalia wütend.

»Vergiss es«, fügt Babbel hinzu.

»Hör zu, Thalia. Ich bin ... ich habe ... du bist das tollste Mädchen, das ich jemals kennengelernt habe. Und ich würde mir nichts mehr wünschen, als dass wir noch viele coole Abenteuer miteinander erleben könnten. Aber leider geht das jetzt nicht mehr und darum ...«

Babbel tippt sich mit einem Tentakel gegen die Stirn und sagt: »Ich glaub's ja nicht. Wir werden gerade bei lebendigem Leibe gefressen und Henry sülzt rum wie bei einem Romantikwettbewerb.«

»Babbel! Ich habe nie einen besseren Freund gehabt als dich! Aber wenn ihr nicht macht, was ich vorschlage, werden wir alle sterben. Und das ist ja wohl auch nicht besser, oder? Also los jetzt. Außerdem ist es nur meine Schuld, dass wir überhaupt hier unten sind.«

»So ein Quatsch«, meint Babbel.

»Keiner wird sterben«, sagt Thalia.

»Hat einer von euch vielleicht eine bessere Idee? Na bitte.«

»Jetzt hör endlich auf, Henry«, fährt Babbel mich an.

»Hey, wie lange wollt ihr eigentlich noch rumquatschen?! Wär's nicht schlauer, ihr würdet euch in Sicherheit bringen?«

Verwirrt sehen wir uns um. Wer, bitte schön, hat das gerade gesagt? Von uns war es nämlich keiner.

»Hallo? Ist da wer?«, frage ich – und muss mich im selben Augenblick vor dem Riesenmaul des Megalosaurus in Sicherheit bringen, der sich unbemerkt von hinten an uns herangeschlichen hat.

»Hier unten! Und jetzt beeilt euch, sonst endet ihr noch alle als Dino-Snack.«

Keinen Meter von uns entfernt zwischen ein paar urzeitlichen Farnen verborgen ist eine Art Luke! Sie ist kreisrund und führt in die Tiefe, vielleicht in einen Versorgungsschacht.

Und im Eingang der Röhre wartet niemand anderes auf uns als Clerck, der Arachnoide.

54.

Babbel, Thalia und ich nehmen Anlauf und hechten einer nach dem anderen durch die Luke, die Clerck für uns aufhält.

Weil ich als Letzter dran bin, spüre ich direkt hinter mir den warmen fauligen Atem des T-Rex. Er will nach meinen Beinen schnappen und verfehlt mich nur um wenige Zentimeter. Direkt hinter mir knallt Clerck die Luke zu und wir hören den lauten Knall, als der T-Rex mit seiner Schnauze gegen das Metall stößt.

Armer Dino! Hast morgen bestimmt üble Zahnschmerzen ...

Plötzlich ist es seltsam still um uns herum. Gedämpft durch den Stahl der Luke hören wir die wütenden Schreie der enttäuschten Saurier. Außerdem ist da ein Rauschen und Zischen, das aus den vielen Röhren kommt, die über unseren Köpfen entlanglaufen.

Wir sind tatsächlich in einem Versorgungsschacht des *HRP* gelandet, der ja schließlich nichts anderes ist als eine Art Riesenraumschiff.

Clerck wartet, bis sich unser Atem beruhigt hat. Dann sagt er: »Okay, Leute. Ihr habt eine Minute, um euch ein bisschen zu erholen. Dann geht es los.«

»Und wohin?«, fragt Babbel misstrauisch.

Der Spinnenmann lächelt. »Zu meinem Raumschiff. Schließlich wollt ihr doch nach Terra VII, oder nicht?«

»Wir dachten, Sie hätten uns verraten ...«, sage ich leise.

»Nein. Ich war pünktlich bei der Suite, aber ich habe sofort gesehen, dass die Pegasus-Leute mir zuvorgekommen waren. Dann bin ich in das Versorgungslevel der *Jungle World* geklettert und habe durch alle möglichen Luken gesehen, bis ich euch gefunden hatte. Schätze mal, es war Rettung in allerletzter Sekunde, was?«

»Das können Sie laut sagen«, meint Babbel lachend.

Thalia sieht Clerck misstrauisch an, schüttelt immer wieder den Kopf. Schließlich verneigt sie sich vor ihm und sagt mit seltsamer Stimme: »Wir verdanken Euch unser Leben, Clerck. Oder darf ich Commander zu Euch sagen?«

Babbel und ich sehen verwirrt zwischen Thalia und Clerck hin und her.

Dann macht der Spinnenmann etwas Seltsames. Er greift sich mit beiden Händen an die Ohren, rüttelt an ihnen – und schraubt sich selbst den Kopf ab.

Darunter kommt niemand anderes zum Vorschein als Wondra Shek, der Commander des satyranischen Geheimdienstes, der uns schon auf Silicius VI das Leben gerettet hat. Und von dem wir dachten, dass er tot ist.

Wenn wir mehr Zeit hätten, würden Babbel und ich jetzt vermutlich erst mal in Ohnmacht fallen.

So aber beschränken wir uns darauf, uns ebenfalls vor Shek zu verneigen und ihm zu danken.

Doch dann können wir nicht anders und fallen ihm jubelnd um den Hals!

55.

Ungefähr drei Stunden später sitzen wir an Bord eines hochmodernen SpaceRacers und fliegen im Überlichtmodus in Richtung Terra VII.

Immer noch können wir nicht glauben, dass wir es diesmal wirklich geschafft haben. Wir sind in Sicherheit! Und wir sind auf dem Weg nach Hause!

Natürlich bestürmen wir Wondra Shek mit Fragen und er erzählt uns, was damals auf Silicius VI passiert ist. Die vespitanischen Söldner hatten ihn mit mehreren Laserschüssen getroffen und er konnte sich kaum noch wehren. Trotzdem hielt er die Stellung, bis er sicher war, dass Thalia, Babbel und ich an Bord des Pastunierschiffes und damit in Sicherheit waren.

Danach gab es für ihn nur noch eine Chance. Er nahm die Sudden-Death-Pille, die alle satyranischen Geheimdienstleute bei sich tragen. Trotz ihres Namens tötet die Pille nicht, sondern löst einen mehrstündigen Scheintot aus. Die Vespitaner ließen ihn daher einfach liegen.

Wondra hielt sich ein paar Tage in der Nähe des Raumhafens der Piraten versteckt, kaperte dann ein Schiff und floh von Silicius VI. Mit einem gefälschten Funkspruch erfuhr er von den Pastuniern, dass die ihren Hyperraum-Flug kurz unterbrochen hatten. Er steuerte dieselbe Position an und entdeckte bald darauf den *HRP*. Als pokerspielender Arachnoide verkleidet landete er auf dem Planeten und machte sich auf die Suche nach uns ...

56.

Der SpaceRacer ist ein geniales Schiff. Es ist etwa zwanzig Meter lang, schlank und wie ein Keil geformt. Es verfügt über Turboboost-Hyperraum-Antrieb, Deflektorschirme, Unsichtbarkeits-Modus, Aktiv-Bewaffnung und alle möglichen anderen genialen Ausrüstungstricks, unter anderem tiefer gelegte ErgoSitze im Cockpit und komfortable AeroSleep-Kojen für vier Passagiere.

Obwohl wir mehr als zwei Tage unterwegs sind, langweilen wir uns kein bisschen. Babbel und ich untersuchen jede Ecke des Schiffs und betteln darum, es auch einmal fliegen zu dürfen. Schließlich lässt Wondra uns tatsächlich für einen Moment ans Steuer. Babbel ist so begeistert, dass er beinahe neonpink zu leuchten beginnt.

Anders als damals auf dem Pastunier-Shuttle hat das Entertainment-Programm an Bord wirklich etwas zu bieten. Wir sehen stundenlang superspannende Filme, essen dazu kirilanisches Schoko-Popkorn und freuen uns mächtig auf zu Hause!

Ach ja, zwischendurch streiten Babbel und ich immer mal wieder, unter anderem darum, wen von uns Thalia eigentlich lieber mag.

Als wir sie ganz direkt danach fragen, stöhnt sie genervt auf, geht dann zu Wondra Shek und drückt ihm einen Kuss auf die Wange. »So, jetzt wisst ihr, wen ich am allerliebsten mag!«

Babbel und ich stutzen kurz, sehen uns dann an und brechen in ein fröhliches Gelächter aus.

57.

Dann ist es endlich so weit. Das rötliche Schimmern auf den Monitoren verschwindet und wir sehen den uns wohlvertrauten Sternenhimmel. Direkt unter uns ist Terra VII, Babbels und mein Heimatplanet.

Obwohl ich mich unendlich freue, wieder zu Hause zu sein, bin ich gleichzeitig auch ein kleines bisschen enttäuscht.

Nun ist es also vorbei mit den Abenteuern. Babbel und ich werden wieder in die Schule gehen und zwei Jungs mit ganz normalen Problemen auf einem ganz normalen Planeten sein.

Andererseits bin ich nicht wirklich traurig.

Erstens habe ich in den zurückliegenden Wochen mehr erlebt, als ich es je für möglich gehalten hätte. Und zweitens tut es ja auch ganz gut, wieder nach Hause zu kommen und von seinen Eltern in den Arm genommen zu werden.

Noch bevor wir landen, baut Wondra Shek eine PlanetarFunkverbindung zu Terra VII auf.

Kurz darauf erscheint auf dem Monitor das Gesicht meiner Mom, die mich erst ungläubig anstarrt und dann in ein ohrenbetäubendes Heulkonzert ausbricht, das mich glatt an den Auftritt von *Dr Dro and the Cosmic Fireflys* erinnert.

»Heeeeeenry! Wir haben uns soooooolche Sorgen gemaaaaacht! Wo waaaaaarst du denn nuuuuur? Und waaaaaarum hast du dich nicht gemeeeeeldet?«

Dann schiebt sich mein Dad ins Bild und sagt: »Hauptsache, du bist gesund und munter, mein Junge!«

»Ja, das bin ich«, sage ich und kann mir nun auch ein Tränchen nicht verkneifen.

Dann erkläre ich meinen Eltern in Kurzform, was alles passiert ist. Ich erzähle ihnen von der Klassenfahrt, der Beam-Maschine, von Thalia und ihrem Vater. Außerdem mache ich klar, dass es jetzt nichts Wichtigeres gibt, als dass wir uns Chiva, meinen Helfer-Robot, vorknöpfen und den Chip mit dem Bewusstsein von Thalias Vater herausmontieren.

Meine Eltern sehen mich betreten an und sagen mit seltsamer Stimme: »Also, das mit Chiva wird nicht so einfach sein, Henry. Weil ...«

Dann erzählen sie etwas, das Thalia, Babbel und mich völlig von den Füßen haut. Chiva ist verschwunden – zwei Händler wollten ihn erst kaufen, und als meine Eltern sich weigerten, haben sie ihn ein paar Tage später gestohlen.

Bestürzt sehen wir uns an. Von wegen Happy End – alles ist noch viel schlimmer als gedacht.

Der einzige Trost ist, dass unser Abenteuer noch lange nicht zu Ende ist.

Jakob M. Leonhardt

Henry Vegas

Auf Klassenfahrt durch die Galaxie

Auf Terra VII ist alles total normal und stinklangweilig: Die Eltern nerven, die Schulgang macht einem das Leben schwer und morgen geht es auf Klassenfahrt quer durch die Galaxie ... Moment, doch nicht alles so normal! Erst recht nicht, als Henry und Babbel im Frachtraum von PEGASUS-Spaceline eine merkwürdige Entdeckung machen und sich kurz darauf zusammen mit einer Milliarde Raketenwürmern auf einem Wüstenplaneten wiederfinden. Aaaaarrgghh!! Nichts wie weg hier!

Arena

144 Seiten • Gebunden
Mit Illustrationen von maleek
ISBN 978-3-401-60035-2
www.jakob-leonhardt.de
www.arena-verlag.de

Als Hörbuch bei Audiolino